KB076739

사막의 오아시스

사막의 오아시스

상일여고 학생들의 에세이集

발 행 | 2022년 02월 16일
저 자 | 김서영, 박지현, 박하민, 송예윤, 하지영
도 움 | 신선희, 조은영, 윤정현
펴낸이 | 한건희
펴낸곳 | 주식회사 부크크
출판사등록 | 2014.07.15.(제2014-16호)
주 소 | 서울특별시 금천구 가산디지털1로 119 SK트윈타워 A동 305호
전 화 | 1670-8316
이메일 | info@bookk.co.kr

ISBN | 979-11-372-7429-7

www.bookk.co.kr

사막의 오아시스

상일여고 학생들의 에세이集

지음 김서영 박지현 박하민 송예윤 하지영
도움 신선희 조은영 윤정현

CONTENT

글을 열면서

시간은 인간의 생사여부에 무관심한 듯 유구한 시간으로부터 오늘에 이르기까지 그리고 무한을 향해 흐른다. 인류의 역사가 만들어지기 훨씬 전부터 인류의 종지부를 찍는 그 후까지 아마 시간은 흐를 것이다. 이는 인식의 범위를 벗어난 사건이지만 우리는 그 시작과 마지막 어느 찰나의 사진 한 컷처럼 그 사이를 살아간다.

그 잠시의 여정 속에서 우리는 무엇을 배우고, 무엇을 향해, 어디로 가고 있는가? 인생의 진정한 가치와 의미는 어디에 있으며, 오늘의 우리는 자아를 상실하지 않고 제대로 가고 있는가?
이러한 질문은 아마 자신의 정체성을 찾아가는 청소년기부터 성인이 되고, 노년에 이르기까지 자신에게 던지는 끊임없는 질문일 것이다.

이런 삶을 향한 사고와 사색, 사유의 시간들은 바쁘게 살아가는 현대인일수록 더욱 필요하다. 그런 질문들이 앞서 걸어간 지혜의 선배들, 철학자들로부터 조언을 받고, 우리 자신의 가치관이 흔들리지 않도록 정립하는데 일조한다고 생각한다.

특히 글을 쓰는 것은 많은 생각을 필요로 한다. 그리고 자신의 감정을 많이 쏟아낸다. 잠시 흐르는 생각에서 만나는 감정과 그것을 글로 마주하면서 보는 감정은 전혀 다르다. 자신과 동일시된 감정을 마주할 때 우리는 그 감정을 안아주고 싶은 생각이 든다. 그때 우리는 처음으로 자신이 자신을 위로하면서 힐링되는 모습을 발견한다.

그냥 잊혀진 것처럼 여겼던 감정, 아니 상관없다고 여겼던 감정

또는 위로 받을 수 없다고 생각했던 감정까지도 안아주고, 받아들일 수 있음을 경험한다.

특히 함축된 언어와 절제미를 발휘한 시적 표현은 스스로 언어의 아름다움을 발견하면서 머릿속을 맴돌기만 했던 단어들이 하나의 문학 작품으로 탄생하는 즐거움도 맛본다. 이것이 우리 선비들이 시조를 읊으며 주거니 받거니 흥(興)을 즐겼던 이유일 것이다.

또한 시에 대한 감상평은 내면적 의미와 심리를 이해하므로 그런 감정과 생각들이 형성된 원인을 찾아 이해하고, 객관적 시각으로 바라보면서 언어의 고차원적 의미를 고양시켜준다. 이러한 멋진 작품에 함께 참여한 상일여고 학생들에게 감사와 함께 고마움을 표현한다. 이번에의 경험이 더 깊은 문학과 함께하고, 인생에서 하나의 가치를 추가하는 기회가 되길 바라며...

2022년 2월

작가 윤 정 현

추천의 글

글을 쓴다는 것은 참으로 멋진 일이다.

초등학교 때 짧은 글짓기와 일기 쓰기로 첫 글쓰기를 시작했다. 저학년 때 일기는 늘 '나는 오늘 OOO을 했다'로 시작했다. 선생님께 검사받기 위해 쓰던 일기가 학년이 올라가면서 첫 구절도 다양해지고 내용도 길어졌다. 청소년기를 거치며 혼자만의 비밀 노트에 글을 쓰기도 하고 변덕이 나면 학교 교지에 글을 내 보기도 했다.

세월이 흘러 글쓰기를 잊은 지 까마득한데 작년 5월 전자책 강의를 듣게 되었다. 종이 대신 전자책이 대신하는 시대로 진입하나 결국 글에 생각과 감정을 담는 일은 같다.

오래전부터 입시에 매몰되어 가는 교육 현장에서 각자의 색깔을 찾아주는 그런 교육과정을 꿈꾸고 있었다. 그러나 혼자서 역류하는 일은 쉽지 않았다. 그러다 5년 전 기회가 왔다.

모두가 왜 가는지도 모르고 몰려갈 때 다른 방향을 생각하는 학생들에게 기회를 만들어주고 싶었다. 그렇게 시작한 열린 교실에 자신만의 길을 찾고자 아니면 잠시 가는 길에서 나와 숨 고르기를 하고자 아이들이 모였다.

우리는 글로 표현하는 과정을 통해 자신의 생각과 감정이 정리되고 객관적으로 자신을 성찰할 수 있는 경험을 하게 된다.

누구나 책 한 권을 쓰고 싶다는 로망을 갖고 있으나 실천하는 사람은 많지 않다. 그래도 시작을 해 본다는 것은 아무것도 안 하는 것보다 낫다. 생각에만 머물지 않고 바로 행동으로 옮기는 일에는 용기가 필요하다. 그 용기는 곧 나를 만드는 과정이기도 하다.

이번 글쓰기 수업이 내 안에 씨앗 하나 발견하는 기회가 된다면 좋겠다. 아니더라도 글쓰기 씨앗 하나 톡톡 건드려 보는 도전만으로도 값진 일이라 생각한다.

세월이 흐른 뒤, 이 시간들이 따뜻한 추억으로 남길 바라며 모두의 삶을 응원한다.

상일여고 교사   신선희

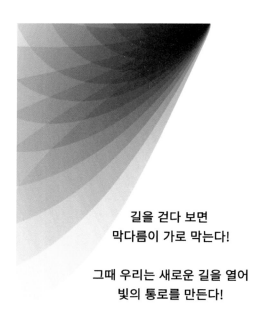

길을 걷다 보면
막다름이 가로 막는다!

그때 우리는 새로운 길을 열어
빛의 통로를 만든다!

제1장 詩, 바람의 노래

잘 자

김서영

매일 똑같은 하루를 살았다
딱히 특별한 일이 일어나지도 않았다
항상 아무 일도 일어나지 않았다

아무 일도 일어나지 않았을 때
아무 일은 일어난다

오늘도 똑같은 하루를 보냈다
보내게 될 것이라 생각했다

따뜻하지만 힘이 없는 손
새하얀 차에 어울리지 않는
빨간색 등이 열심히 운다

현실은 소설이 아니었다
내 멋대로 글을 써내려 갈 수 없었다

소설 속 주인공처럼 지난 일이 후회되지도 않았다
내가 못해준 것들이 주마등처럼
스쳐지나가는 일도 없었다

단 하나의 생각밖에 없었다
내가 어젯밤에 잘 자 라는 인사를 해주지 않아서
그래서 좋은 잠을 잘 수 없었던 걸까

잘 자
이상하게 그날 밤에는
그 말을 하지 않아도 될 것 같았다
나의 날갯짓 하나가 태풍으로 돌아왔다

잘 자
세상에서 제일 쉬운 말이다
세상에서 제일 어려운 말이 됐다

아무 일이 일어났다
아무 일도 일어나지 않았다

잘 자
이상하게 그날 밤에는
그 말을 하지 않아도 될 것 같았다
나의 날갯짓 하나가 태풍으로 돌아왔다

잘 자
세상에서 제일 쉬운 말이다
세상에서 제일 어려운 말이 됐다

아무 일이 일어났다
아무 일도 일어나지 않았다

잘 자, 김서영 詩 中에서

시(詩) 감상

빨간색 등이 운 날

김서영

갑작스럽게 심정지가 찾아와 죽음을 맞은 가족을 이별한 뒤 화자가 홀로 생각하며 쓴 시이다. 그리고 이 시는 나에게 실제로 일어났던 일을 바탕으로 쓰게 되었다. 내가 16살, 중학교 3학년에 올라가고 얼마 지나지 않은 날이었다. 4월. 봄이 막 찾아온 계절이었고, 밝은 햇살 아래에서 하루하루를 보내고 있었다. 어느 날 아침 동생이 울며 내 방으로 찾아왔고, 아빠가 숨을 쉬지 않는다고 말했다. 그 때의 감정은 생각보다 별 거 없었다. 그냥 놀랐다. 구급대원과 영상통화를 하며 심폐소생술을 진행했고, 침대 위에서 진행했기 때문에 큰 효과는 볼 수 없었다.

아빠가 구급차를 타고 실려 가고, 우는 동생을 진정시켜 학교에 보낸 뒤 그제서야 펑펑 울었다. 학교를 갔지만 결국 조퇴하고, 아빠가 계신 경희대병원으로 갔다. 버스도 잘못타서 이상한 곳에 내렸고, 결국 택시를 탔다. 택시기사님께 울면서 거스름돈도 받지 않겠다고 하고, 돈을 드린 뒤 내려가서 중환자실로 뛰어갔다. 중환자실은 면회 시간이 지정되어있기에 내가 가서는 전화로 간호사와 아빠의 상태에 대해 이야기 할 수 있는 것 말고는 없었다.

다들 바쁘게 정신없이 움직이는데 중학교 교복을 입고, 책가방을 무릎 위에 둔 여자아이는 의자에 앉아 몇 시간을 기다렸다. 엄마는 회사에 계셔야 하기 때문에 나는 계속 혼자 앉아있었다. 그냥 앉아있었다. 무언 갈 기다리지도 않았고, 뭘 해야 할지 모르겠어서 그냥 앉아있었다. 계속 울다가 나중에는 울 힘도 없어서 가만히 있었다. 아무 표정도 짓지 않았다. 사람들이 쳐다보면서 지나갔다. 아빠가 깨어나지 않은 채로 시간이 점점 지나면서 나에게는 과호흡이 자주 오고, 학교에서 실신도 했었다. 몸과 정신이 죽어나갔다. 중환자실에서 아빠를 만났지만 그 순간에도 난 남들 앞에서 '사랑해'라고 말하는 게 부끄러워 다들 나간 뒤 아빠 귀에다가 몰래 대고 사랑한다고 말했던 기억이 난다.

내 이야기가 시의 내용보다 더 심각하고 부정적이고 불행할 수도 있고, 어쩌면 시의 내용이 더 현실 같은 현실일 수도 있다. 이 시에서는 화자 자신이 갉아 먹히고, 무너지는 것을 표현하지 않았는데 사람들이 화자의 입장 속에서 함께 후회하고 일상의 소중함을 깨닫는 감정을 느꼈으면 했다. 화자의 망가지는 모습을 표현하게 되면 사람들이 화자의 후회보다 화자를 향한 동정심에 더욱 감정 이입을 하게 될 것 같아서 표현하지 않았다. 여기까지가 나의 이야기였다. 지금부터는 이 작품 속 화자의 이야기가 시작된다.

매일 똑같은 하루를 살고 항상 아무 일도 없이 쳇바퀴 굴러가던 삶을 살았던 화자는 당연하게 그 날도 똑같은 하루를 보낼 거라고 생각했다. 따뜻하지만 힘이 없는 손은 심정지 환자임을 나타내는 구절인데, 심정지 환자는 골든타임을 놓치게 되면 사망하게 되고, 결국 시신이 된다. 심정지로 의식을 잃어 손에 힘이 들어가지 않지만 아직 따뜻하다는 것은 의식을 잃은지 얼마 안 된다는 것을 나타낸다. 이미 한참 지났다면 이미 사망해 체온이 내려가 차가웠을 것이다.

새하얀 차에 어울리지 않는 빨간색은 말 그대로 해석해 구급차를 의미한다. '열심히 운다'라는 부분이 매우 인상 깊고 중요한 부분이라 생각했다. 구급차가 열심히 운다는 것은 사이렌을 울리며 달린다는 것이고 사이렌이 울린다는 것은 곧 매우 위중한 환자임을 알리는 동시에 환자가 살아있음을 나타낸다. 이미 사망한 시신을 운반하는 구급차는 사이렌을 울리지 않기 때문이다. 저 4연이 의미하는 것은 아직은 살아있기에 희망을 잃지 않았던 화자를 나타내고 있다.

그러나 바로 다음 5연에서 현실은 소설이 아니었다며 부정적으로 보이는 구절이 나온다. 내 멋대로 글을 써내려 갈 수 없었다는 것은 작가는 소설 속에서 모든 것을 자기 뜻대로 써내려 갈 수 있지만, 현실은 소설처럼 내 뜻대로 되지 않는다.

이 구절을 읽으며 우리의 인생은 완벽할 수 없다. 내가 원하는 모든 게 내 뜻대로 되는 것은 불가능하기 때문이다. 이런 진리를 소설로 비유해 사람들이 보다 쉽게 이해하고 깨달을 수 있게 표현하고 싶었다.

6연도 마찬가지로 소설 속 주인공들에게 사건이 일어나 주인공들이 느끼는 감정이 현실세계의 자신에게 사건이 일어나게 되면 소설 속 주인공이 느끼는 감정을 느끼지 않는다는 것이다. 우리는 소설을 읽으며 주인공의 감정에 대입해 자신도 그런 상황이 닥치게 되면 주인공과 같은 감정을 느낄 거라 생각하며 소설을 읽었지만, 사실 현실에서 직접 겪어보면 많이 다르다는 것을 깨닫게 되었다.

화자는 전날 이별한 가족에게 '잘 자'라는 말을 하지 못한 것으로 보인다. '잘 자'라는 말을 못해준 그 생각밖에 나지 않았다고 한 것으로 보아 화자가 그 일에 대해 너무나 큰 죄책감을 느끼고 후회해 다른 생각이 안날 정도로 강렬했다.

'매일 똑같은 하루를 살아오고 내일도 똑같이 살겠지'라며 마치 무슨 일은 일어나지 않을 것처럼 그저 평온하게 오늘도 내일도 똑같을 것이라고 일상을 당연하게 생각했던 화자가 후회하며 쓴 구절이다. 화자의 그 사소한 행동이 결국 평생 후회하게 되는 일로 되돌아오니 화자가 그동안의 삶에 대해 당연함을 여겼다는 것을 깨달았다.

사랑해, 좋아해, 고마워 그 어떤 말보다 쉬운 '잘 자'라는 말이 화자에게는 가장 어려운 말이 된 것 같다. 그 동안 당연하게 여겼던 삶이 너무나 소중하고 감사한 순간들이었음을 깨달은 화자는 크게 후회한다.

화자 자신에게는 인생이 뒤바뀔만한 큰 일이 일어났다. 하지만 세상은 여전히 그대로 똑같이 돌아가고 있다. 이는 곧 화자의 삶은 뒤바뀌었는데 세상은 그대로인 것을 보며 세상에 야속함을 느끼는 화자이다. 슬픔과 고통을 이겨낼 시간조차 주지 않는 바쁘게 돌아가는 세상을 보며 화자는 자신도 다시 바깥세상으로 나가 쳇바퀴 같은 삶을 살아야 함을 의미한다.

전체적인 시의 감정이 후회를 나타내고 있는 것 같다. 비유적인 표현이 많아 더욱 많은 생각을 하게 되고, 여운을 남기는 시가 된 것 같다. 구급차가 사이렌을 울리는 것을 화자의 상황을 그 구절 하나로 알 수 있게 표현했다.

우리에게도 이런 일이 일어났을 때 후회하지 말아야지 하는 생각이 들더라도 현실은 소설이 아니기에 실천하기 쉽진 않을 것 같다. 우리도 지금의 일상을 항상 당연하게 여기며 살아왔기에 이 시를 읽고 조금이나마 우리의 일상에 당연한 순간은 없으며, 모든 순간순간이 소중하고 감사함을 느낀다.

사랑해, 좋아해, 고마워 그 어떤 말보다 쉬운
잘 자 라는 말이 화자에게는 가장 어려운 말이 된 것 같다.
그 동안 당연하게 여겼던 삶이 너무나 소중하고
감사한 순간들이었음을 깨달은 화자는 크게 후회한다.

꿈

김서영

누군가에게는 셀 수 없이 많은 것
누군가에게는 평생 고민해도 답이 안 나오는 것

너는 꿈이 뭐니? 라는 말
꿈은 정말 뭘까?

선생님이 되고 싶어요
하늘을 날고 싶어요

꿈은 거창해야만 할 것 같다
나에겐 딱히 거창한 꿈이 없는데

내일 길 가다가 귀여운 아기를 만나고 싶은 것
오늘 공부가 잘됐으면 하고 바라는 것

전부 다 꿈이다
꿈이 없다고 하면 의미 없게 사는 걸까?
꿈이 없어도 우리에겐 꿈이 있다

꿈은 누구나 꿀 수 있다
누구나 꿀 수 있지만
누군가의 꿈에 가치를 매길 수도 없다

나에겐 아무것도 아닌 일상이

누군가에겐 꿈이기 때문이다

행복한 꿈도 꾸지만
악몽도 꿀 때가 있는 것
꿈은 그저 꿈일 뿐이다

꿈은 그저 꿈일 뿐이다
우리가 만들어나가는 것이 곧 꿈이 된다

시(詩) 감상

우리가 만들어 가는 꿈

김서영

이 시는 도저히 글을 쓸 주제가 생각나지 않아
선생님께 주제를 추천 받아 쓴 시이다.
솔직히 말하면 마음에 썩 들진 않는다.
시는 5분 만에 완성한 것 같다.
거침없이 써내려갔지만 마음에는 들지 않는...

그럼에도 이 시를 내가 책에 넣은 이유는
어쩌면 이렇게 하나의 수정도 거치지 않은
거칠고 날 것의 시가 사람들이 여러 가지 감상을 할 수 있게
만들지도 모른다는 생각이 들어 책에 넣기로 결심했다.

누군가에게 꿈은 노트북을 사고 싶은 것이 꿈이고,
누군가에게 꿈은 집을 장만하는 것이다.
또 누군가에게 꿈은 유치원 선생님이 되는 것이며,
누군가에게 꿈은 자신의 행복을 바란다.

꿈은 무한하다.
무한하기에 누구나 꿀 수 있는 것이다.
꿈이 없다고 가치 없는 삶이라고 생각하진 않는다.
누군가에게는 꿈이 없는 것조차도 꿈일 수도 있기에.

꿈에는 가치가 없다.

꿈이라고 모든 게 다 긍정적인 건 아니다.
자다가 우리가 흔히 말하는 악몽도 있지 않나.
꿈은 방대하고 위대하지만
꿈은 어쩌면 그냥 꿈일 뿐이다.
악몽도 그저 꿈일 뿐이다.

우리가 만들어나가는 것이 곧 꿈이 되기에
모든 이들의 꿈이 이루어지길 바란다.

그렇게 영글어 간다

윤정현

삶의 다양성은
우리 인류 70억의 얼굴이 다른 만큼
그렇게 다양하게 다른 길을 걸어간다.

같은 가족이어도
같은 교육을 받고
같은 직업을 가지고
같은 분야의 일을 할지라도
일을 처리하는 방식이 다르고
그것을 대하는 생각이나 자세 또한 다르다.

"너는 왜 이렇게 하지 않고, 그렇게 하니?"라고
다른 삶의 방식에 대하여 말할 수 있을까?
인생은 각자가 배우고, 느끼고, 사고하면서
다양한 감각적 작용을 통하여 경험하고 받아들인
자신만의 가치관을 따라 살아간다.

이 사람이 행복한 것이
저 사람은 불행일 수 있으며
저 사람의 불만이 이 사람의 만족일 수 있다.
가치 척도란 주관적이며
내 생각이 저 사람의 생각일 수 없다.

어떤 사람은 대기업에 입사하고

아나운서가 되고, 스타 연예인이 되는 것이
인생 최고의 목표이며 그 외에는 불만족일 수 있지만
화자처럼 골목길에 귀여운 아기와 만나 미소 짓고
오늘 하루의 공부가 잘 되는 것
그런 작은 하루하루의 여정에
삶의 의미를 부여하며 사는 것
그것이 꿈이며 희망이며 행복일 수 있다.

그러므로 화자는 말한다.
우리가 만들어나가는 것
그 모든 삶의 선택과 여정이 꿈이 된다고.

그렇게 생각하면 꿈은 미래에 있는 것이 아니라
오늘 나의 발걸음과 함께 하는 것 같다.
나를 사랑하고, 내가 가는 길을 즐기며
내가 선택한 것들을 감사하고
나 자신을 예뻐하는 삶 속에
내 꿈은 사랑스럽게 영글어 간다고.

【꿈에 대한 시 감상평】

달맞이꽃

김서영

어느새 네 꽃은 세상에서 사라졌구나

다른 사람들 모두 인생에 꽃이 피어 예쁜데
네 인생에는 꽃이 피지 않아 예쁘지 않다고
남들을 그리도 부러워했었는데

내 눈엔 세상에서 제일 예쁜 꽃이 너에게 보였단다

너무나 예쁜 꽃이어서 일찍 시들었나보다
세상이 너무나도 예쁜 꽃을 담기엔 부족했나보다

너에게 얼마나 예쁜 꽃이 피었는지
너도 알았었다면 좋았을 텐데
그랬다면 너가 조금은
아주 조금은 더 네 꽃을 아끼고 사랑해줬을까

너가 겪었던 세상은 어땠을까
너무 외로웠을까
너무 차가웠을까
그래서 그렇게 일찍 시든 걸까

새하얀 눈 속을 뚫고 핀
네 꽃은 그 어떤 꽃보다 단단했다
차가운 겨울바람에도 꼿꼿이 버텼다
너무나도 예쁘고 굳센 꽃이었다

봄의 햇살에 눈이 녹았다

네가 봄의 햇살을 맞이했으면 좋았을 텐데

네 꽃은 언제쯤 다시 피게 될까

다시 꽃이 피면 그동안 어떻게 지냈는지 들려주겠니
다시 꽃이 피면 나와 함께 사계절을 보내주겠니

지금도 다시 피길 기다리고 있어
세상에서 사라져버린 너의 꽃을

네 꽃은 너무 예뻐서
내 기억 속에서 평생 사라질 수 없을 것 같네

네 꽃을 한 번만이라도 다시 보고 싶다
이렇게 간절히 바라는데
한 번쯤은 피어주길 바라

욕심내지 않을 테니 딱 한 번만 더 세상에 나와주겠니
다시 세상에 나오면 그 땐 외롭지 않을 거야

네 꽃과 사계절을 함께 보내고 싶다
차가운 겨울도 따뜻하게 보내자 같이

시(詩) 감상

꽃이 인생이라면 나의 꽃은 메리골드

김서영

겨울잠

달맞이꽃의 꽃말은 기다림이다. 사실 이 시는 아이유의 노래 '겨울잠'을 들으며 참고해서 썼다. 아이유의 앨범 후기에 겨울잠이라는 노래는 한 생명이 세상을 떠나가는 일과, 그런 세상에 남겨지는 일에 대해 유독 여러 생각이 많았던 스물일곱에 스케치를 시작해서 몇 번의 커다란 헤어짐을 더 겪은 스물아홉이 돼서야 비로소 완성한 곡이다. 라고 소개되어있다.

이 곡에서만큼은 감정을 절제하지 않았다고 한다. 가사 중에 '무슨 꿈을 꾸니 깨어나면 이야기해 줄 거지 언제나의 아침처럼'이라는 가사가 있다. 감정이입이 제대로 되어 펑펑 울며 시를 썼던 것 같다. 이 시를 읽을 땐 아이유의 '겨울잠'이라는 노래를 꼭 들으며 다시 한 번 읽어보길 추천한다. 먼저 떠나 보내버린 친구에게 쓴 시라고 생각하며 썼다. 인생을 꽃에 비유했다. 제목이 달맞이꽃인 것도 그 이유이다. 그 친구의 너무나 예쁜 꽃을 기다리고 지금도 기다리고 있다.

너무 예쁘다

자신이 얼마나 예쁜지 모르고 결국 일찍 저버린 꽃. 나도 저런 감정을 느껴본 적이 있었다. 그 감정이 생각나 저런 구절이 탄생된 것 같다. 17살. 굴러가는 낙엽도 보며 웃을 시기인데, 반 친구들이 너무너무 예뻐 보였다. 정말 굴러가는 낙엽만 봐도 웃을 것 같은 친구들. 활기차고 밝고 너무 예뻤다. 17살 그 나이가 너무 예뻤다. 나도 똑같은 17살이었는데. 그 때는 왜 내가 예쁜지 몰랐을까. 조금은 아쉽다. 미리 알았다면 조금이라도 더 예뻐해 줬을텐데. 새하얀 눈 속을 뚫고 핀 꽃은 정말 단단했다. 악착같이 살아온 인생이었고 그 누구보다도 굳건하게 살아온 인생이었는데.

　화자가 시의 후반부에는 약간의 후회를 나타내고 있기도 한다. 외롭게 있다가 결국 일찍 저버린 꽃에게 봄의 햇살도 함께 맞이하고 싶고, 사계절을 함께 보내고 싶으며, 다시 태어나면 외롭지 않게 함께 있어주겠다며 후회한다. 일찍 저버린 꽃을 그리워하고 자책하지만 그들도 알 것이다.

　그들에게는 잘못이 없다는 것을.

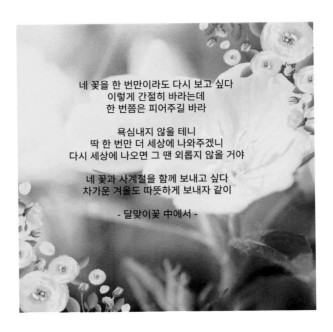

네 꽃을 한 번만이라도 다시 보고 싶다
이렇게 간절히 바라는데
한 번쯤은 피어주길 바라

욕심내지 않을 테니
딱 한 번만 더 세상에 나와주겠니
다시 세상에 나오면 그 땐 외롭지 않을 거야

네 꽃과 사계절을 함께 보내고 싶다
차가운 겨울도 따뜻하게 보내자 같이

- 달맞이꽃 中에서 -

네 꽃은 기다리고 있다 다시 피어나길

윤정현

세상에 다양한 사람들이 있는 것처럼
꽃도 저마다 다름의 특징이 있다.

채송화는 일년생 식물로 하루 잠깐 피었다 진다.
꽃말은 천진난만, 순진, 가련함이다.
연약하면서 예쁘게 피는 모습에 어울리는 꽃말이다.

나팔꽃 또한 하루 피었다 지는 꽃으로
꽃말은 기쁜 소식, 결속, 허무한 사랑이다.
나팔을 부는 모양이 기쁜 소식을 알려주는 것 같다.

복수초(福壽草)는 다년생 식물이면서
눈 속에서 추위를 뚫고 피어난다.
복과 장수를 안겨주는 꽃이지만
추위를 이겨내고 피워내기에 꽃말은 슬픈 추억이다.

무궁화는 여러해살이 꽃이지만
하루만 피었다 지는 우리나라 꽃으로
꽃말은 일편단심, 영원, 은근과 끈기다.
끈질김과 한마음으로 살아가는 우리의 모습이 담겼다.

매화는 봄을 알리는 전령으로
서리와 추위를 이겨내며 가장 먼저 핀다.
이에 설중매(雪中梅)라 부르며
불의에 굴하지 않는 선비정신을 표상하여
매란국죽(梅蘭菊竹) 사군자 중 하나로 덕(德)을 기린다.

꽃말은 고결한 마음, 기품, 결백이다.

달맞이꽃은 두해살이 꽃으로
겨울을 이겨내고 다음해에 꽃을 피운다.
전체를 약으로 사용하며 종자를 기름으로 쓴다.
저녁에 꽃을 피워내기에 달맞이꽃이라 하며
꽃말은 무언의 사랑, 보이지 않는 사랑, 기다림이다.
겨울을 이겨낸 잎에 붉은 반점이 생기는데
이는 추위와 인내에 대한 흔적이 아닐까?

화자가 말하는 피지 못한 꽃은
지난해 잎만 자라난 달맞이꽃 이었으며
네 꽃이 너무 예뻐서 지금 마음속에 간직한 꽃은
겨울을 이겨내고 달밤에 피는 꽃일 것이다.

모두가 잠든 달밤에 꽃을 피워내는 것은
달님 또한 어둠과 아픔을 이겨내어
지친 어둠을 걷는 이들에게 빛을 비추듯
다시 한 번 간절히 피어주길 바라는
보이지 않는 무언의 사랑을 기다리는 화자의 마음이리라.

그 애절한 기다림의 사랑,
욕심내지 않을 테니
딱 한 번만 더 세상에 나와 주길 바라는 사랑은
그렇게 달님을 맞이하는 어여쁜 꽃,
달맞이꽃으로 만인을 살리는 약초처럼
전체를 사랑으로 물들인 꽃으로 피워나리라.

【달맞이꽃에 대한 시 감상평】

아 이

김서영

안녕 아이야
너의 인생에서 가장 오래된 기억은 뭐니

태어난 순간이 기억나?
아니면 엄마 뱃속이 기억나려나

아이야
세상에 태어나지 말아야 할 존재는 없단다
세상은 혼자 살아갈 수 없단다

아이야
너 혼자서 모든 걸 짊어지고 갈 수는 없단다
누군가에게 기대는 건 절대로 잘못이 아니란다

아이야
나는 너가 너무나 강해서 더 마음이 아프구나
조금은 약했으면 했는데
너가 무너져도 괜찮다는 걸 알려주고 싶었는데

차가운 겨울바람을 혼자서 맞고
심장까지 얼어붙을 정도로 모두 얼어붙은 네가
따뜻하게 해주기엔 너무 늦어버린 네가
원망스럽기도 하는 구나

아이야
조금은 무너져도 괜찮아
아니 더 많이 무너져도 괜찮아

나에겐 너가 무너지는 순간보다
너가 혼자 그 순간을
견디는 모습이 더 가슴 아프구나

아이야
뭐가 그렇게 급했을까
왜 그렇게 빨리 자랐을까
조금은 천천히 아니 아주 천천히 자라도 좋은데

아이야
너가 조금 더 아이답게 살았다면 좋았을 텐데
넌 아이니까
아이잖아
어리광이라도 부려보지 그랬니

아이야
다시 너를 만나게 되면 해주고 싶은 게 있단다
숨도 안 쉬어질 만큼 너를 꽉 껴안아주고 싶다

목이 메이고 눈물이 흘러
말이 나올 수 있을지도 모르겠지만
너에게 미안하다고
너무 수고했다고
그렇게 말해주고 싶다

넌 그 순간조차도 날 위로해주겠지
괜찮다고 다 괜찮다고 하겠지

아이야
그런 순간이 오게 되면 그 순간만큼은
네가 하고 싶은 대로 해주겠니

엉엉 아기처럼 울어도 되고
너무 밉다고 화를 내도 된단다
다 괜찮단다

너 자신조차도 속인
너의 감정을 이젠 들여다봐주겠니
정말 온전한 네 감정을 느껴주겠니

당장 오늘 밤 꿈에서라도
나타나줬으면 좋겠다
너가 너무너무 보고 싶다 아이야

아이야
다음 생에는 평생 아이로 살자
어리광도 부리고 울고 싶을 땐 잔뜩 울면서
평생 아이로 살자

아이야
너무 사랑 한다
너무 보고 싶다

너무너무 보고 싶다

아이야
내가 안아줄 수 있게
꿈에서라도 나타나주겠니

아이야
너무 예쁜 아이야
너무 예쁘게 자라줬구나

시(詩) 감상

이제야 너에게 간다

김서영

이 시는 훌쩍 자라버린
어른이 과거의 자신을 바라보며 쓴 시이다.
과거의 자신의 존재를 부정하며 살고,
아무에게도 기대지 않고
혼자서 다 해내야한다는 압박감을 느끼며 살아온
자신의 과거가 너무나 미안한 화자이다.

하던 일이 하나라도 수틀리게 되면
세상이 무너지는 것 같았고,
모든 걸 완벽하게 해내야하며,
실패하면 세상이 무너지고
자신의 인생이 무너지는 것 같은
기분을 느끼며 살아온 화자였다.
조금은 무너져도 됐을 텐데
조금 더 애처럼 징징대도 괜찮은데.
너무 빨리 자라버린 자신을 보며
슬프기도 하고 원망스럽기도 하다.

시간은 돌이킬 수도 없기에
더욱 더 원망스럽다.
아무것도 몰라도 되는 나이인데.
너무나 많은 것을 알았다.
과거의 자신을 만나게 된다면

정말 너무 고생 많았다며
숨도 못 쉴 정도로 꽉 껴안아 주고 싶다.

꿈에서 나타나길 빌며
꿈에서만큼은 정말 아이처럼
지내길 바라는 화자의 마음이 나타나있다.
홀로 굳건하게 외롭게 힘들게 자라온
과거의 자신을 바라보며 너무나 미안하고
슬프고 불쌍하면서도 한편으로는
너무나 잘 자라줘서 기특한 화자의 감정도 나타난다.
모든 시련을 딛고 일어나 결국 지금의 자신을 만들어준
과거의 자신이 화자는 너무나 기특하다.

이 책을 읽고 있는 어른이 있다면
과거의 자신을 꼭 안아주길 바란다.
이 책을 읽고 있는 아이가 있다면
조금은 더 어리광 부리며
아이처럼 살아도 괜찮다는 것을 깨닫길 바란다.

【이제야 너에게 간다 ; 화자가 자신의 인생을 살다가 충분히 여유
로워졌을 때 자신의 과거를 되돌아보며 너무 빠르게 자라버린 과
거의 자신을 보며 쓴 시이기에 화자가 여유로워 지고, 이 긴 시간
동안 외면했다가 이제야 어린 화자를 찾아간다고 표현하고 싶어
제목을 이렇게 정했다.】

다시 태어나는 길목에서

윤정현

성인이 되어서 길을 걷다가
넘어지는 경우는 많지 않다.
이는 수 천 번을 걷고 또 걸었기에
뒤뚱거리며 아이처럼 넘어지지는 않는다.
돌부리에 걸려 넘어지지 않는 이상은...

하지만 어린 아이는 자꾸 넘어진다.
그게 정상이다.
이제 걷는 연습을 하고 있기 때문이다.
넘어지면서도 다시 일어나
걷는 모습을 보면 안쓰러우면서도 사랑스럽다.

어려운 가정이나 힘든 가정에서 자란 아이는
초등학생이면서도 가정 살림을 돕는 친구들이 있다.
한참 친구들과 뛰어놀아도 부족한 나이에
힘겹게 맞벌이 하는 부모를 도와
너무 일찍 철이 들어버린 경우다.

이런 아이는 몸이 아프고
마음에 상처가 있어도 겉으로 잘 표현하지 않는다.
또 약간만 실수를 해도 주변의 눈치를 본다.
자신으로 인해 혹시
피해가 가지 않을까 염려하기 때문이다.
좀 실수해도 괜찮고, 넘어져도 괜찮고
무너져도 괜찮고, 기대도 괜찮은데 말이다.

이 시(詩)에서 화자는
성인이 된 상태에서 바라본 아이의 모습을
안타까워하면서 가슴으로 안아주는 그 순간을
절제된 시어를 통해 표현하고 있다.

그렇게 하고픈 것을 하지 못하고
어리광도 부리면서 천천히 자라도 되는데
속으로만 속으로만 삭이면서 그 시간을 견디었던
아이를 위로하며 안아준다.
너 자신까지도 속여야했던 아픔을
다음 생에는 평생 아이로 살자고 달래주면서
꿈에라도 나타나주기를 부탁한다.

너무 사랑 한다고 말하면서
너무 보고 싶다고 말하면서
그래도 그렇게 자란 예쁜 아이에게 고마워한다.
우리는 그렇게 다시 태어나는가 보다.

【아이에 대한 시 감상평】

치 유

박하민

코로나19로 달라진 세상.
손 소독하는 것이 일상이 되었다.
병든 이들을 치유하는 손 소독제.

수많은 전쟁으로 망가져가는
내 마음도 치유해 다오.

수많은 상처로 피딱지마저 지지 않은
내 마음도 치유해 다오.

수많은 아픔으로 눈물조차 나오지 않은
내 마음도 치유해 다오.

오직 너만이 내 마음은 치유할 수 있으니
부디 나에게 다가와 내 마음을 치유해 다오.

시(詩) 감상

나는 오늘도 너를 바라본다

박하민

코로나로 우리의 일상이 되어버린 손 소독제.
손 소독제는 많은 세균을 없애준다.
그래서 아픈 사람들을 지켜주는
손 소독제를 주제로 정했다.

사람은 살면서 내적 갈등을 겪는다.
그 내적 갈등을 전쟁으로 비유했다.
내적 갈등으로 받는 스트레스를
치유하는 존재는 존재한다.
나는 그 존재를 손 소독제로 비유한 것이다.

사람은 살면서 외적 갈등을 겪는다.
상대방이 뱉은 말 한마디 한마디가
독이 되어 나에게 돌아온다.
그때마다 생기는 마음의 상처는 치유할 수 없다.
치유할 수는 없지만 극복할 수는 있다.
혼자서 극복하기 힘든 법.
옆에서 힘이 되는 그대를 손 소독제라고 했다.

사람은 살면서 슬픔, 우울함 등 힘들 때가 있다.
나는 그것을 아픔이라고 엮어 썼다.
수많은 아픔이 쌓이고 쌓이면 어느 순간

울고 싶어도 눈물이 나지 않는 순간이 찾아온다.
그 아픔을 누군가 옆에서 위로해주고
해소시켜주는 사람이 존재할 것이다.
그 존재를 손 소독제라고 썼다.

하지만 이런 존재가 나에겐 없기에
나에게 다가와 달라는 내 마음을 적어봤다.
사람에게 받은 상처는 사람으로 치유하는 법.
나는 그것을 시로 짧게 적어보았다.

수많은 아픔으로 눈물조차 나오지 않은
내 마음도 치유해 다오.
오직 너만이 내 마음은 치유할 수 있으니
부디 나에게 다가와 내 마음을 치유해 다오.

아무것도 하지 않으면
아무일도 일어나지 않는다

구 속

송예윤

너의 어깨를 우산삼아 비를 피했던 날,
모닥불 앞 눈을 보며
너와 함께 계절을 보냈던 날

가엽던 너와 내가 만났던 어느 날
운명이라 믿었고 필연이라 말했다

언제 한번 말한 적 있지?
너가 내 품에 안겨있을 때
숨 막힐 정도로 구속되어 있는 느낌이 좋다고

사실 나도 엄청 좋았어
한 번도 내색한적 없어서 몰랐지?

내가 표현에 익숙하지 않아서 그런지
너가 점점 우리의 감정에
무뎌져 지겨운 건지 모르겠지만 너

그냥 우리가 계속 함께 있었음에
행복했다고 말하고 싶어
너와의 구속마저 설렘으로
느껴지던 날이 있었음에 너무 감사하다고

안녕 내 구속적인 사랑에 결정체야

우리 사랑의 증표처럼
느껴졌던 너를 놓아줄 게

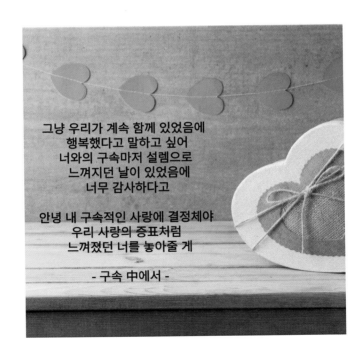

그냥 우리가 계속 함께 있었음에
행복했다고 말하고 싶어
너와의 구속마저 설렘으로
느껴지던 날이 있었음에
너무 감사하다고

안녕 내 구속적인 사랑에 결정체야
우리 사랑의 증표처럼
느껴졌던 너를 놓아줄 게

- 구속 中에서 -

시(詩) 감상

구속과 자유는 하나임을

윤정현

구속과 자유는 정반대의 언어 같지만
구속이 자유일 수 있고
자유가 구속일 수 있다.

아이는 엄마의 구속에서 살아간다.
엄마의 보호함이 없이는 아이 혼자 살아갈 수 없다.
우유와 주거의 생명보호를 필요조건으로
아이는 엄마에게 무의식적 구속되어 살아간다.

엄마 또한 아이에게 구속되어 살아간다.
아이가 없을 때는 자유롭게 자신의 생활을 즐기지만
아이의 탄생은 모성애를 바탕으로
아이에게 구속되어 자원하여 자유를 박탈한다.

아이는 엄마에게 무의식적으로 사랑을 갈구하고
엄마 또한 무한한 신뢰로 아이에게 사랑을 보낸다.
여기에서 구속은 사랑을 바탕으로 하고 있다.
서로 사랑하기 때문에 그 구속은 자유롭다.

아이는 성장하여 청년이 되고 성인이 된다.
그때 정체성이 확립되면서 자신만의 시간을 원한다.
이제 주거와 생계의 어려움을 스스로 해결하면서
더 이상 부모의 구속은 간섭으로 작동한다.

여기에서 바탕은 사랑이 아닌
진정한 자유를 박탈한 구속으로
개인의 존재유무를 상실하게 하여 반항한다.

아이일 때는 보호와 모성애 원리가 작동하여
서로가 의식하기도 전에 구속된다.
그리고 거기에는 구속도 사랑으로 치환된다.
하지만 성인이 될 때는 사랑도 구속이 된다.
아이일 때는 상대의 필요를 채워주지만
성인일 때는 자신의 필요를 강요하기 때문이다.

아이일 때는 엄마로부터
생계와 생명의 보호를 사랑의 이름으로 받는다.
엄마는 아이를 통해
재롱과 기쁨이라는 만족을 사랑으로 받는다.

성인이 된 자녀는
더 이상 생명의 보호가 필요 없다.
그래서 자녀는 공부와 성적 이외에 부모에게 줄 것이 없다.
부모 또한 자녀에게 받을 것이 없으니
자신이 바라는 상(像)을 투영하여 필요를 강요한다.
사랑이 이제 서로의 필요를 강요하여 구속으로 바뀌었다.

그래서 부모는 자녀를 동등한 존중의 인격체로 대하고
자녀는 부모에게 효(孝)라는 개념의 상호 보완과
외적 사랑에서 내적 사랑으로 성숙할 때
구속인 줄 알았던 억압은 자유로움으로 영글어간다.

이는 연인 간의 사랑도 똑같다.
불같이 타오르던 사랑에는 상대의 단점이 안 보인다.

시간이 지나면 불은 꺼진다.
그리고 서로 해야 할 일들로 인해 소원해지기도 하고
인정받고, 사랑받고, 존중받고 싶은 마음은 증대된다.
불타오를 때의 사랑은 구속도 행복하지만
이제 서로가 지켜줘야 할 의무에 있어서
금이 가기 시작하면 자유도 구속처럼 지친다.

사랑에 의심이 가기 시작하면
같이 있어도, 떨어져 있어도 불안하다.
혼자 있어도 자유로운 것 같지만
불안함은 상대방에 얽매여 하루 종일 구속된다.
사랑의 포로가 되었다는 말은
그의 매력에 완전히 사로잡혀 구속되었다는 말이다.

우리는 그런 사랑을 꿈꾼다.
하지만 삶은 현실이다.
청소를 하고, 밥을 먹고, 공부를 하고
또 일하러 나가고, 공적사적 만남을 이어가야 한다.
그때 상대방에 대한 의무를 잊거나 소홀히 할 수 있다.
100일 기념일이나 생일, 결혼기념일 등등...

그것은 사랑이 식은 것이 아니라
더 많은 것을 해내야 하는
육체와 정신의 한계성과 만난다.
이것을 해결하는 것이 서로에 대한 신뢰다.
오랜 신뢰가 쌓이면 소울메이트처럼 말하지 않아도
서로의 마음은 이심전심 통한다.

이러한 단계에 이르기까지 시간이 필요하다.
서로에 대한 믿음을 쌓아가야 한다.

그때 조금 서운해도 이해할 수 있는 아량이 생긴다.
이는 부모와 자녀, 부부, 연인, 친구 등
모든 인간관계에서 불문율처럼 형성된 이치다.

여기 화자의 말처럼
구속적인 사랑의 결정체를 깨닫게 해준 연인에게
사랑의 증표를 선사한다.
너를 놓아주는 것이 진정한 사랑의 결정체임을
구속을 통해 자유로운 사랑을 배웠음을
구속도 사랑이었고,
놓아주는 것도 사랑이었음을 배웠다고
사랑의 정수를 알려준다.

【구속에 대한 시 감상평】

너에게로

송예윤

진부하지만 다사다난했던
2020년이 지나갔습니다.
그게 나에 대한
가장 잘 맞는 표현이 아닐까?

언제든 모든 것을 놓고
떠날 수 있다는 생각
떠나고 싶다는 생각
아직도 꿈으로 도망치는
갈망을 버리지 못했고

이제 아프지 않다는
생각도 하지 않아요.
그냥 적응한 셈입니다.

그런데 저 하고 싶은 거 많아요.
아직 첫사랑도 없는 저는
사랑을 만나고 싶고
바다도 더 보고 싶고

자다르에 한 번이라도 더 가고 싶고
예전처럼 다시 영화배우로 자주 서고 싶고...
이렇게 하고 싶은 게 많아요.

그래서 제가 하고 싶은 것
원 없이 하는 2021년
온 힘을 다해 만들어보려고 합니다.
곁에 있어주신 분들 감사한 분들
한 분 한 분 다 마음을 전하고 싶은데
방법을 모르는 다정하지 못한
사람이라는 게 오늘은 조금 아쉽네요.

그래도 감사하고
또 감사하고
그저 감사합니다.
다들 행복하세요.

세상에
정내미 떨어져도
사랑하며 살자고...

시(詩) 감상

너에게로 가기 위해 손을 내민다

윤정현

인생은 달리기다
각자 하고자 하는 것들을 향해 달려가는
미래 어떤 곳에서, 어떤 것이
자신을 기다리는지 알지 못하지만
지금 너에게로 달려가는 중이다.

인생은 또한 여행이다.
알지 못하는 곳으로 떠나는 여행
새로운 곳에서 새로운 사람들과 만나
삶의 다양함을 배우는 그런
미지로 떠나는 여행이다.

우리가 달리고
여행을 떠나는 이유는
외형적이든 내면적이든 무언가를
얻고, 배우고, 성취하고, 성장하고 싶은 욕구다.
지금의 위치에서 미지의 곳
더 나은 너에게로 가고 싶은 바람이다.

이러한 것의 성취는
지금 가지고 있지 않기 때문에
현재의 상태를 벗어날 때 가능하다.

거기에는 탈출이나 일탈이 될 수도 있고
도전이나 용기, 노력, 열정, 희생
두려움과 맞서려는 기회비용을 필요로 한다.

우리의 성장을 돌이켜보면
많은 밑거름이 쌓여 여기까지 왔음을 알게 된다.
스스로 노력하고, 경험하여 터득한 것도 있지만
우리 주변에서 나를 아끼고 사랑해준 사람들
그런 분들의 배려와 나눔이 있었음을
화자는 감사함으로 마음을 전하고 있다.

그 여정에서
나에게 상처를 주고
정내미 떨어지는 일이 일어나도
여기에서 너에게로 가기 위해
서로 사랑하며 살자고 손을 내민다.

【너에게로에 대한 시 감상평】

거 울

송예윤

추운 겨울이야
오늘이 무슨 요일인지
몇 월 몇 일 인지 모른 채
그냥 지내고 있어

머리를 감고 말리는 것처럼
단순하지만 반복적인 나의 일상에
사실 새로운 설렘이 찾아올 거라는
기대는 이미 저버린지 오래야

사랑을 어떻게 하는건지 까먹은 나도
열심히 살아보려고 해도
어디인지 모르는 불안감에 휩싸인 나도
현실 속 괴리감에 빠져 약을 먹으며 버티던 나도
다 나니까 사랑하려고 노력했던 나날이
어느새 무용지물 되버렸거든

새로운 설렘이 찾아오는 것도 좋지만
평범하게 지내는 삶도 나쁘지는 않은 것 같아

며칠을 꼬박 새는 날이 많았고
약을 충동적으로 먹으려다
약을 쏟아내 삼키지 못하고
다시 일상으로 돌아오는 순간도 있었지만

이렇게 또 살아있는걸

그래서 오늘도 너에게 다시 한번 물어봐
이렇게 잔잔하다 못해
가라앉을 것 같은 나도 사랑해줄 수 있겠니?

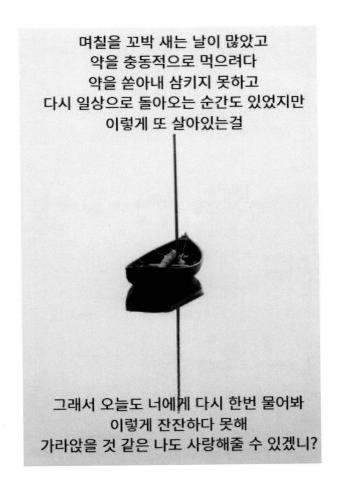

며칠을 꼬박 새는 날이 많았고
약을 충동적으로 먹으려다
약을 쏟아내 삼키지 못하고
다시 일상으로 돌아오는 순간도 있었지만
이렇게 또 살아있는걸

그래서 오늘도 너에게 다시 한번 물어봐
이렇게 잔잔하다 못해
가라앉을 것 같은 나도 사랑해줄 수 있겠니?

시(詩) 감상

사랑을 반사하는 이유들

윤정현

우리가 반려견을 키우며 느끼는 감정은
거의 무조건적인 사랑이다.
비록 말이 통하지 않지만
강아지의 모습이나 행동에서 나오는
모든 것들이 마냥 사랑스럽게 보이기 때문이다.

또한 소울메이트와 같은 친구들은
특별히 무엇을 말하고 해주었다기 보다는
그 자체로 옆에 있어주는 것이
기쁨이요 행복이요 사랑의 표현이다.

엄마가 갓난아기에게 주는 무한한 사랑이나
사람이 꽃이나 자연에게 느끼는
무한한 기쁨이나 감사함은
결국 자신에게 해를 끼치지 않는다는
전제 조건이 내포되어 있기 때문이다.

위의 모든 사랑의 표현들에는
타자에게 위해를 가하는 것들이 없다.
오히려 무한히 신뢰하는 서로에 대한 믿음과
어떤 조건 가운데서도 상대를 향한 배려의 마음
곧 진실한 사랑이 내재되어 있기 때문에 가능하다.

만약 그 사랑이 거짓이었고
상대방을 이용하기 위하여 만들어낸
작위적인 쇼맨십이었다면
결국 시간이 지나면서 그 모든 것들은 드러날 것이고
아무리 좋았던 관계일지라도 파국에 이를 것이다.

하지만 비록 오해와 왜곡된 부분이 있을지라도
그 관계가 진실에 바탕을 두었다면
시간은 그 관계가 아름다운 서사시를 완성하기 위한
하나의 연출이었음을 서로에게 알려줄 것이다.

우리의 사랑이 진실하였다면
비록 오해도 있고, 고통의 시간이 있을지라도
마치 거울에 반사된 모습을 그대로 투영하듯
우리에게 다시 되돌려줄 때를 기다리며
사랑은 미소 지어 줄 것이다.

잔잔하다 못해
아주 깊숙이 가라앉아 있을지라도
사랑은 너를 위해
더 행복한 곳으로 데려갈 것이라고.

【거울에 대한 시 감상평】

생 일

송예윤

안녕 오랜만이야
그리고 생일 축하해

일 년에 한번 생일 메시지로 안부를 묻고,
몇 백 번의 만남을 가진 너와 내가
몇 달 동안 못 보다가 다시 보려니 어색하네

잘 지냈어? 밥은 챙겨먹었고?
물어보고 싶은 게 참 많아

질문으로 가득 차 수취인을 잃어버린 편지가
드디어 너 앞에 도착했구나

만나서 너무 반가워
보고 싶었어

언제 이렇게 컸지? 너도 나도
사랑해 태어나줘서 고마워

시(詩) 감상

살아온 날들에 대한 인사

윤정현

삶을 살아가면서 수많은 경우의 수를 만난다.
그 많은 것들을 미리 준비하고 계획하는 것은 불가능하다.
부모, 친구, 연인, 공부, 진로, 직업, 사회적인 인과관계 등
몸은 하나이지만 관계 설정은 수많은 네트워크로 연결되어 있다.
그러므로 하나의 관계 설정이 꼬이면 다양한 문제를 발생시킨다.

문제를 걱정거리로만 보면 숨 쉴 수 없을 정도로 삶이 피곤하지만
약간은 긍정적인 태도로 여유롭게 해결의 길을 찾는다면
오히려 더 좋은 결과를 만들어가는 경우들이 있다.
인사만 잘해도 반은 먹고 들어간다는 말이 있다.
그래서 요새 아이돌들도 선후배와 팬들에게 인사성이 정말 좋다.

우리는 이렇게 수많은 사람들과 좋은 관계를 만들어가기 위해
인사도 잘하고, 겉으로는 드러나지 않지만 내면으로는 노력한다.
그렇다면 과연 우리는 우리 자신에게 얼마나 안부를 묻는가?
자신을 알아봐주고, 성장하고 노력한 부분에 대하여
칭찬과 따뜻한 격려를 해줄 수 있다면 삶이 훨씬 풍요로울 것이다.
이 시는 그렇게 자신과 만나며 안부를 묻고
생일을 맞이하여 불쑥 커버린 자신에게 따뜻한 인사를 건네고 있다.

【생일에 대한 시 감상평】

너

하지영

너는 강아지가 좋다고
꼬리를 흔들 듯이
내게 좋다며 다가왔다.

그때 난 꽃을 애지중지 키우듯
너를 아껴주고 넌 그 모습이 좋다며
나를 사랑스러운 눈빛으로 바라보았다.

나는 그 모습마저 귀엽고 아름다워서
꽃에 물을 주듯
너에게 사랑을 가득히 주었다.

내 사랑을 가득 받은 너는
매일매일 지구 주위를 공전하는 달처럼
나 주위를 항상 맴돌고 있다.

시(詩) 감상

지구와 달의 이야기

윤정현

사람이 강아지를 좋아하는 이유는
꼬리를 흔들며 반겨주는
주인을 향한 조건 없는 사랑 때문이다.

지구와 달은 마치 하나인 것처럼
서로가 서로에게 영향을 주면서
침묵 속에서도 둘이 하나가 되어
수 억 년을 친구가 되어 주었다.

우리가 사랑이라는 씨앗이 싹트면
무관심에서 무한 정성과 애정으로
상대를 향한 관심의 눈빛이 폭발한다.

사랑하는 상대 '너'를 향한
너무나 따뜻한 애정을 표현한 이 시는
꽃에 물을 주듯
그렇게 사랑을 키워내었고
여전히 키워내고 있는 러브스토리다.

【너에 대한 시 감상평】

눈 물

하지영

나뭇잎에 맺힌 이슬처럼
두 눈에는 눈물이 맺혀있다.

떨어질락 말락 하면서도 울지 않는다.
눈시울은 붉어져 있고
넌 금방이라도 울 것 같았다.

또르륵 또르륵
이제야 넌 눈물을 흘린다.

뭐가 그렇게 서러웠는지
뭐가 그렇게 화가 났는지
넌 아무 말 없이 울기만 했다.

사탕을 줬다 뺏은 아이처럼
넌 눈물을 쏟아냈다.

뭐가 그렇게 아픈지
뭐가 그렇게 서운한지
넌 눈물을 멈추지 않았다.

안아주면 천천히
울음을 멈추는 아이처럼
난 널 따뜻하게 안아줬다.

그제야 울음이 멈춘 너다.
무슨 일 때문에 울었나 물으니
내가 이별을 말한 것이 싫었다고 말하였다.

난 다시는 그러지 않겠다며
너와 약속을 하니 환하게 웃는 너다.

넌 환하게 웃는 게 이쁘다.
다시는 그 예쁜 얼굴에
눈물이 흐르지 않았으면 좋겠다.

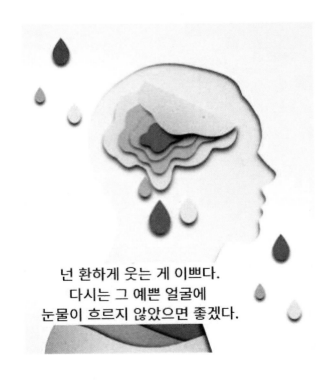

넌 환하게 웃는 게 이쁘다.
다시는 그 예쁜 얼굴에
눈물이 흐르지 않았으면 좋겠다.

시(詩) 감상

사랑은 안아줄 때를 안다

윤정현

세상의 모든 만남에는 이별이 있다.
식물도 씨앗이 싹을 내고 꽃을 피워
열매를 맺은 후 다시 이별을 준비한다.
애지중지 키웠던 반려견도
시간이 되면 우리 곁을 떠난다.

가족들 또한 같다.
그렇게 혈육과 사랑으로 맺어진 사람들도
어느 순간 우리 곁을 떠나보내야 한다.

그래서 이별에는 아픔이 있고
보낼 수 없지만 보내야 하는 눈물이 있다.
눈물은 아픔이 있기에 흐르고
아픔은 사랑하기 때문에 스며드는 감정이다.
사랑하지 않으면 아프지도 않다.
무덤덤하고, 무관심하며, 상관없다.

아픔은 사랑이며
눈물은 무한한 애정의 표시다.
말하고 싶은 것이 많지만
말로 그것을 전달하지 못할 때
아니 마음에는 하고픈 말이 많지만

말로 그것을 전달할 수 없을 때
우리는 눈물이 먼저 앞을 가린다.

지긋이 나를 바라보지만
아쉬움과 안타까움이 눈가에 서려있지만
말로 전달하지 못하는 상대의 몸짓은
도와 달라고, 나를 떠나지 말라고
부탁하는 애처로움의 부탁이다.

눈물의 의미를 아는 사람은
그 눈물을 닦아주려 한다.
상대의 아픔이 나의 아픔이기 때문이다.
그래서 상대의 작은 몸짓에서도
사랑하는 사람은 그 마음을 읽는다.
그를 너무 사랑하기 때문이다.
그리고 그의 미소를 보며 함께 웃는다.

이 시(詩)는 눈물을 통하여
사랑의 의미를 더욱 깊게 표현한
아프면서도 기쁨의 눈물이 흐르는 시다.

【눈물에 대한 시 감상평】

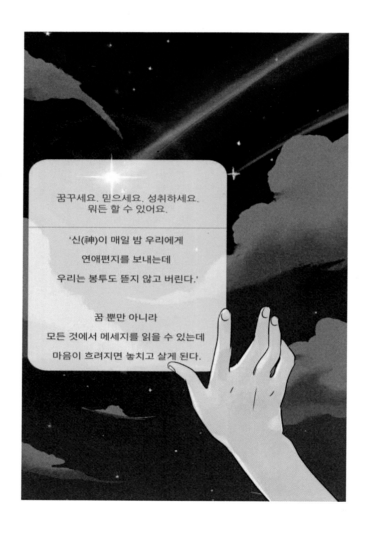

꿈꾸세요. 믿으세요. 성취하세요.
뭐든 할 수 있어요.

'신(神)이 매일 밤 우리에게
연애편지를 보내는데
우리는 봉투도 뜯지 않고 버린다.'

꿈 뿐만 아니라
모든 것에서 메세지를 읽을 수 있는데
마음이 흐려지면 놓치고 살게 된다.

제2장 우리를 부르는 길 위에서

에세이

영혼의 두드림

김서영

신은 인간에게 무엇을 주었는가

누군가가 그렇게 말하지 않았나. 신은 인간이 견딜 수 있는 고통만을 준다고. 신이 누군가를 창조했을 때 그 인간에게 주어지는 고통은 인간이 견딜 수 있는 고통만을 준다는 이야기가 하나 있다. 누군가가 볼 때는 그저 전해져 내려오는 이야기일 수 있겠지만 누군가에게는 정말 절실한 희망이고 한줄기의 빛이며 자신을 살려줄 동아줄이기도 하다. 설령 그게 썩은 동아줄일지언정. 인간이 삶의 끝자락에 다다랐다고 느끼는 순간이 온다.

자신뿐만 아니라 모든 세상이 다 무너진 것 같은 기분. '앞이 보이지 않는다'라는 생각조차 들지 않는다. 미래에 대한 생각 또한 존재하지 않는다. 그저 그 순간 자체가 너무나 절망스럽다. 그 절망스러움을 느끼다보면 가슴이 미어지고 목이 메인다. 절망스러움을 느끼며 세상에 대한 원망을 하고, 자신이 할 수 있는 건 아무것도 없다는 것을 깨닫게 되며, 인간은 결국 삶을 포기한다.
인간이 삶을 포기하는 그 순간의 감정은 살면서 가장 고통스러울 것이다. 삶을 포기하고 점점 죽어가는 단계보다 더 고통스러울 것이다. 신은 내가 견뎌낼 수 있는 고통만을 주신다고 하셨는데 내가 못견뎌내는 건 절대 아닐텐데. 신이 틀린 걸까? 수많은 생각이 든다.

올가미

사람은 누구에게나 발목을 잡힌다. 대부분은 부정적인 의미로 쓰이지만 때로는 긍정적인 의미로 쓰일 때가 있다. 한 인간은 너무나 삶을 포기하고 싶지만 자신의 가족이 발목을 잡아 차마 삶을 포기할 수 없다. 자신의 가족을 책임져야하고, 남은 가족이 슬퍼할 생각을 하니 도저히 가족을 두고 떠날 자신이 없어서.

또 다른 인간은 자신의 삶에서 발목을 잡는 존재가 존재하지 않는다. 삶을 포기하려는 순간 그 사람의 머릿속에서는 그 어떠한 존재도 떠오르지 않는다. 그렇다고 소중한 존재가 아예 없는 것은 아니다. 다만 자신의 삶을 포기하지 않고 살아야할 정도로 소중한 존재가 없을 뿐이다. 죽는 순간에도 자신이 원망스러울 것이다. 아니 자신의 인생이 원망스러울 것이다. 왜 나에게는 발목을 잡는 존재가 없는 것인지.

너무나 외로운 삶을 살았다. 주위에 많은 사람들이 있고, 충분히 사랑받으며 지내고, 자신에게 딱히 큰 시련이나 위기도 없었지만 그냥 외로웠다. 마음은 항상 공허하고 텅 비어있으며, 아무것도 할 수 없는 무기력함이 점점 인간을 잡아먹는다. 이유가 없는 게 이유였다. 정말 그냥이었다. 누군가 이유를 물어본다면 "그냥" 이라는 대답 말곤 해줄 수 있는 말이 없다.

우울과 외로움

우울하다. 이 감정은 도대체 어떤 감정일까? 기분이 가라앉는 느낌인가. 가만히 있어도 눈물이 나오고 머릿속은 전부 극단적이고 부정적인 생각들로 가득 차있다. 뭐라도 해야 한다는 생각이 들지만 무기력하고 힘이 없어 아무것도 할 수 없다. 이런 자신을 끊임없이 원망하고 결국 악순환이 반복된다. 악순환이 반복되다보면 인간은 점점 우울에 잡아먹히게 되고 끝자락에 다다르게 되면 완전히 잠식된다. 삶을 포기하고 싶다는 생각이 들어도 인간은 삶을 포기하고 싶지 않다는 본성을 가지고 있다. 다칠 것 같으면 반사적으로 피하고, 방어하기도 하지 않나.

뇌의 신경에서부터 자신을 보호하는데 우울에 정신이 모두 잠식되어 버린다면 몸조차도 결국 인간을 방어할 수 없게 된다. 말 그대로 정신승리인 것이다. 소설이나 드라마에서 인간이 삶을 포기할 땐 보통 비장하게 죽거나 후회 없고, 미련 없다는 표정을 짓고 죽음을 선택한다. 항상 말하지만 현실은 소설이 아니고 드라마가 아니다. 인간이 삶을 포기하려는 그 순간에 인간은 살면서 느꼈던 그 어떤 고통보다도 큰 고통을 느낀다. 마음이 미어져 찢어질 것 같다는 고통이 무슨 고통인지도 알게 되며, 이정도로 절망감을 느낄 수 있나 싶을 정도의 절망감을 느낀다. 후회, 미련 이런 모든 감정이 존재한다.

그럼에도 인간이 죽음을 선택할 수밖에 없었던 이유를 생각해보자. 후회, 미련 그 어떠한 감정도 결국 인간의 삶을 붙잡아놓을 수는 없었다. 남겨질 사람들에 대한 생각이날지 조차도 모르겠다. 그 사람들을 신경 쓸 겨를조차 없기 때문에. 인간이 얼마나 망가졌는지 보여주는 행동들이다. 인간이 가장 외롭고 죽고 싶은 순간은 정말 내 곁에 아무도 없다는 것을 깨달았을 때이다. 이 순간 인간은 가장 충동적이게 행동하게 된다. 결국 비극으로 끝난다.

인간이 아닌 인간

돌이킬 수 없을 정도로 망가지더라도 언제든지 다시 돌이킬 수 있는 순간은 존재한다. 그러나 인간은 그 순간이 올 거라는 말을 절대 믿지 않는다. 그래서 인간이 인간인 것이다. 그래서 인간은 결국 자신의 삶을 포기하는 것이다. 끝까지 자신의 삶을 산다고 해서 인간이 행복하다는 보장이 없으니까. 항상 인간들이 공통적으로 말하는 말이 있다. '이렇게 살 바에야 죽는 게 더 낫다'라는 말이 있다.

각박한 세상에서 살아남는 것보다는 죽는 것이 더 편안하다고 생각이 들기 때문인가. 죽음을 생각보다 얕보는 것 같기도 하다. 생각보다 죽는다는 건 사는 것보다 어려운 것인데. 인간은 결국 그 순간에 죽음을 선택한다. 인간의 패배다. 하지만 그 누구도 그 고통을 직접 경험해보지 않는 이상 죽음을 선택한 인간이 나약하다는 말을 할 자격이 없다. 자신의 의지조차 삼켜버린 자신의 감정들이 결국 인간을 잡아먹는다. 인간의 이성적인 면은 모두 사라진다. 인간이 인간인 이유는 이성이 존재함으로서 인간으로 존재했던 것인데, 이성이 사라진 그 순간부터 이미 인간은 인간이 아니다. 감정적으로 행동하고 충동적으로 행동하고. 겪어보지 않은 사람들은 스스로 그것을 제어할 수 있다고 생각하지만 그렇게 생각한다면 정말 큰 오산이다.

거센 파도가 갑자기 나를 집어삼키는 것이 아니다. 아주 깊은 심해 속으로 점점 천천히 더 깊게 들어가는 것이다. 점점 무거워지고, 자신을 압박하는 무언가가 느껴진다. 버티지 못하고, 결국 삶을 포기하는 인간이 정말 나약하다고 생각이 드는 게 어쩌면 당연할 수도 있다. 자신들의 삶은 포기하고 싶은 생각이 들고 그런 순간이 오더라도 실제로 정말 포기할 생각은 들지 않는 사람들이 대부분이기 때문에.

나약한 인간

자신들도 충분히 이런 각박한 세상 속에서 잘 버텨내고 잘 살고 있다고 생각할텐데. 그 사람들은 왜 버티지 못할까 충분히 생각할 수 있다. 인간이 느낄 수 있는 고통 중 가장 아픈 것은 절망감이라고 생각한다. 인간이 결국 버티지 못하고 삶을 포기하는 이유. 절망감이 가장 크다. 앞이 보이지 않고 더 이상 아무것도 할 수 없는 자신을 마주하며 결국 자신의 인생에 대해 절망감을 느낀다. 사람들의 세상은 각박하지만 열심히 살아가고 소소한 행복을 얻으며 지내지만 그 인간 자신만의 세상 아니라 그 인간의 바깥세상조차 이미 무너졌다. 수없이 노력했을 것이다.

  우울이 인간을 집어삼키게 되면 침대에 일어나는 것, 밥 먹는 것, 씻는 것조차도 정말 큰 일이 된다. 인간이라면 당연히 해야 하고 언제든지 할 수 있는 쉬운 행동들이지만 왜 그렇게 어렵게 느껴지는 걸까. 저 세 가지 중 단 한 가지만 해보더라도 충분히 기분이 나아진다. 그러나 그런 상태의 인간이라면 이 일은 정말 세상에서 가장 어려운 일이 된다. 그럼에도 불구하고 인간은 어떻게든 살아보려고 발악을 해봤을 것이다. 모든 방법은 거의 다 써봤다. 정말 살기 위해 악착같이 이를 악물고 버텨왔다. 그래서 더 절망스러웠고. 더 이상 자신이 아무것도 할 게 없고, 정말 모든 걸 다 해봤지만 실패했다고 생각이 든다. 온몸에 힘이 빠진다. 이제 다 가라 앉아버린다. 이제 포기한다.

내가 죽었더라면

  내가 그 인간이라면 자신이 죽고 난 뒤 주변 사람들의 반응보다는 오히려 자신이 죽고 난 뒤의 자신이 어떻게 되었을지가 가장 궁금할 것 같다. 화장을 했을지 땅에 묻어주었을지. 사후세계에는 딱히 관심이 없다. 그냥 자신이 또 다른 세계에서 인생을 산다는 것 자체가 지긋지긋할 것 같다. 사후세계도 그냥 존재하지 않았으면 좋겠다. 그냥 제발 모든 게 끝났으면 하는 마음이 들 것 같다.

죽음 직전의 인간은 그래도 살아볼 걸 하고 후회하기도 하고, 이제 다 끝났구나 하는 후련한 마음이 들 수도 있을 것이다. 이미 삶을 포기하는 행위를 한 뒤에 정말 죽기 직전 순간의 인간을 말하는 것이다. 대부분의 인간은 후회를 했다고 말을 한다. 그러나 죽은 자는 말이 없으니 아무도 모르는 것이다. '그냥 어쩌면 '계속 누워있고 싶다'라는 생각을 하지 않을까?'라는 생각이 들기도 한다. '누워서 계속 쉬고 싶다'라고 생각할 것 같기도 하다.

신은 인간에게 나약함을 주지 않았다

인간은 절대 나약하지 않다. 아직도 신이 인간에게 견딜 수 있는 고통만을 주신다는 게 맞는 말인지는 모르겠지만. 그래도 인간은 절대 나약하지 않다. 삶을 포기하는 인간조차도 정말 최선을 다해서 살아왔으며, 그 누구보다도 나약하지 않고 굳건하게 살아왔다. 끝까지 발버둥 쳤다. 이 세상에서 살기위해. 살아남기 위해서. 그럼에도 인간은 삶을 포기한다. 스스로.

누군가 영혼을 두드려 줬으면 좋겠다.
내 안에 있는 영혼을 깨워 불러주었으면 좋겠다.
나를 일으켜주고 손을 뻗어주었으면 좋겠다.
나를 알아주었으면 좋겠다.
나를 봐줬으면 좋겠다.

누가 저 좀 봐주세요.
누가 저 좀 도와주세요.
누가 저 좀 알아봐주세요.
누가 제 영혼을 깨워주세요.
제 영혼을 두드려주세요.

인간이 느낄 수 있는 고통 중 가장
아픈 것은 절망감이라고 생각한다.

희망이 있는 곳엔 반드시 시련이 있네

김서영

2022년 베이징 올림픽

항상 대한민국 국민들은 '지옥 같은 한국'이라는 뜻을 가진 일명 헬조선이라 칭하며, 우리나라가 너무 각박하다고 한탄하며 산다. 그러나 온 국민이 유일하게 하나가 되는 순간이 있지 않나. 바로 올림픽 그리고 월드컵이다. 올림픽을 보면 정말 애국심이 미친 듯이 불타오른다. 특히 우리나라는 쇼트트랙의 강국이 아닌가. 2022년 베이징 올림픽을 보며 정말 많은 감정을 느꼈다.

4년. 우리에게는 긴 시간일 진 몰라도 선수들에게만큼은 결코 긴 시간이 아니다. 세계 선수권 대회 등 여러 국제 대회도 있었지만, 그럼에도 전세계 국가대표들 목표의 종착지는 올림픽이 아닐까 생각한다. 우리에겐 4년마다 돌아오는 행사일진 몰라도, 그들에게는 목숨 걸고 평생 그 하나만을 바라보고 달려온 목적지이다. 그들에게는 매년 출전할 수 있는 대회가 아니며, 자신의 청춘을 다 바쳐가며 인대가 끊어지는 부상, 손가락이 찢겨나가는 부상 등 모든 걸 감당하며 목적을 이루기 위해 노력한다.

나도 그런 목표 하나만을 바라보며 정말 죽어라 노력하며 살아본 적이 있었나? 선수들을 보며 많은 의문이 들었다. 정말 사소한 일이 틀어져도 너무 짜증나고 다 포기해버리고 싶던데. 자신의 앞을 가로막는 장애물을 전부 극복해내고 이겨내는 선수들의 멘탈과 꿈에 대한 의지가 정말 대단하다고 느낀다.

부담감 그리고 아쉬움

오늘 여자 1000m 쇼트트랙 경기가 있었다. 최민정 선수가 은메달을 땄다. 준준결승, 준결승, 결승까지 모두 하루 만에 소화해야 하는 일정이었고, 최민정 선수의 컨디션은 좋지 않았다. 정말 간신히 결승까지 올라가게 되었고, 결승 시작은 5번째 순서로 시작했지만 정말 막판 반 바퀴를 남겨두고, 2등을 하게 되었다. 대한민국 국가대표들의 특징은 역전을 정말 잘한다는 것이었는데, 정말 이 악물고 달리는 모습을 보며 소리 지르면서 응원했던 것 같다.

너무너무 아쉬웠던 점은 반의 반 바퀴만 남았더라면 최민정 선수가 아웃코스로 더 달려 역전할 수 있었을 가능성이 매우 높았다. 정말 죽어라 달렸지만 결승전 코앞에서 1위로 앞서나가던 선수와 몸 다툼이 있었고, 결국 정말 아깝게 2위로 들어오게 되었다. 최민정 선수는 쇼트트랙 1000m 세계 2위 선수이다. 경기가 끝난 뒤 화면에 비춰진 최민정 선수는 정말 대성통곡을 했다. 조금만 더 남았더라면 금메달을 땄을 수도 있었을텐데, 하는 아쉬움이 커서 눈물이 나는 걸까 여러 가지 생각이 들었다. 정말 너무 서럽게 울어서 나도 함께 눈물이 날 뻔 했다.

메달의 가치

금메달이 코앞에 있었는데 나조차도 너무 아쉬운 마음이 들었다. 그러다가 문득 은메달을 자세히 보게 되었는데 너무너무 예뻤다. 은은하게 빛나며 거울처럼 맑고 깨끗한 메달이었다. 그 순간만큼은 금메달보다 은메달이 더 예뻤다. 내 자신이 조금 부끄러워졌다. 그 동안 금메달의 가치만 대단하다고 여겼었는데. 나는 우리 반에서 중간고사 한 과목이라도 2등을 했다면 정말 내 자신이 너무 자랑스럽고 기뻤을 것 같은데, 왜 정작 금메달의 가치만 따지고 있었을까. 최민정 선수는 2018년 평창 올림픽 1000m 경기 결승에서 심

석희 선수와 부딪혀 둘 다 넘어지는 안타까운 일이 있었다. 이 일로 인해 1000m 경기는 최민정 선수에게 큰 부담과 트라우마를 안겨주게 되었고, 이번 경기 역시 준준결승부터 정말 너무 힘들게 올라왔다. 준결승에는 3위로 들어와 결승에 진출하게 될 수 없었지만, 다른 조 3위 이유빈 선수보다 기록이 더 좋아 간신히 결승에 진출했다.

최민정 선수는 경기가 끝난 뒤 인터뷰에서 "준비과정이 너무나 힘들었는데 그 힘든 시간이 은메달이라는 결과로 나와 복받친 것 같다"하고 말했다. 덧붙여 "평창 대회 충돌 사건은 힘들었지만 나를 더 성장하게 해준 고마운 시간, 그런 힘든 과정이 오늘 은메달이라는 결과로 나온 것 같다"라고 하며 인터뷰를 마무리했다. 4년 동안 최민정 선수는 정말 많이 성장했다. 최민정 선수뿐만 아니라 많은 선수들이 정말 대단한 모습을 많이 보여줬다. 그리고 최민정 선수는 은메달 선수이기 전에 쇼트트랙 세계 2위 선수이다. 세계 2위 선수가 대한민국 국민임을 자랑스럽게 느낀다.

억울함 그리고 현실

이번에 조 1위로 들어오게 되었지만 억울하게 실격을 당했던 황대헌 선수 역시 실격 당한 뒤 자신의 SNS에 마이클 조던의 명언을 올렸다. "장애물을 만났다고 반드시 멈춰야 하는 건 아니다. 벽에 부딪힌다면 돌아서서 포기하지 말라. 어떻게 하면 벽에 오를지, 벽을 뚫고 나갈 수 있을지 또는 돌아갈 방법이 없는지 생각하라" 억울한 판정을 받고 너무나 화나고 절망스러웠을테지만 그럼에도 포기하지 않고 더욱 더 노력해 결국 황대헌 선수는 금메달을 얻었다. 절망스러운 일을 겪고 좌절하고 포기하고 싶은 순간을 버텨내 결국 값진 결과를 얻어낸 것이다. 메달만이 선수들의 가치는 아니다. 하지만 메달이 선수들의 노력의 결과 중 하나가 될 수 있다고 생각한다. 가장 힘든 자신과의 싸움에서 승리해 결국 목적지에 도달한 선수들이 너무나 대단하다고 느낀다.

나의 성장은? 나의 길은?

나는? 나에게도 절망과 시련이 닥쳐온다면 이 선수들처럼 헤쳐 나갈 수 있을까? 우리나라 선수들을 보며 대단하면서도 한편으로는 부러운 마음도 들었다. 죽어라 노력하고 포기하지 않는다면 결국 성장하고 성공할 것을 알기에 나도 새로운 마음가짐을 갖게 되었다. 어제보다 조금 더 나은 하루를 보내고, 작년보다 더 많은 것을 깨닫고, 더 후회 없이 사는 올해를 보내며 내 자신이 성장한 것을 느낀다.

인생에는 한 가지의 길이 있는 것만은 아니다. 그 길이 막혔다면, 뚫고 지나갈 방법을 생각하면 된다. 그것도 안 된다면 주변을 한 번 둘러보자. 한 가지의 길 밖에 보이지 않았는데 고개를 돌리니 정말 수많은 길이 눈앞에 펼쳐져 있을 것이다. 새로운 길을 걸어 가다보면 또 수많은 길이 나온다. 내가 선택하고 내가 살아온 삶이기에 자신의 선택을 후회하고, 자신을 자책하고 원망할 수도 있다. 하지만 이 시련을 극복하고 이겨낸다면 결국 그 누구보다도 자기 자신이 가장 자랑스러울 것이다.

희망이 있는 곳에는 반드시 시련이 존재한다. 시련이 없다면 희망도 존재할 수 없다. 고통이 없다면 행복도 존재할 수 없다. 다들 '자신의 인생이 행복해야한다'라는 큰 짐을 얹고 살아가지만 그 속에서 차근차근 성장하며 더 이상 그 짐은 더 이상 짐이 되는 것이 아니라 자신이 살아가는 삶의 목표가 되고, 끊임없이 노력할 수 있는 동기가 될 것이다.

무너지면 더 튼튼하게

2022년 베이징 올림픽 모든 선수들이 각자의 고통과 시련이 있었음에도 불구하고 포기하지 않고 끝까지 최선을 다해준 선수들에게 존경과 박수를 보낸다. 선수들과 마찬가지로 우리에게도 수많은 길이 있다. 어떤 시련이 닥쳐와도 우린 계속해서 자신을 믿고 길을 걸어가면 된다. 목적지에 도달하지 못했더라도 뒤를 돌아보면 정말 많이 성장하게 된 자기 자신을 보게 될 것이다. 자신이 성장했음을 느끼는 그 순간이 바로 우리의 목적지가 아닐까. 다들 각자의 목적지에 도달하고 성장하길 바란다.

인간은 계속해서 평생 동안 성장한다. 몇 백 번 넘어지면 몇 백 번 일어나면 된다. 무너지는 순간이 오더라도 포기하지 않고 노력한다면 처음보다 더 견고하게 쌓아져 무너질 수 없는 단단한 건물이 만들어진다. 수많은 건물보다는 하나의 튼튼한 건물을 만드는 것이 나의 목표이다. 무너져도 금방 다시 쌓을 수 있는 그런 건물. 튼튼한 건물이 만들어지는 날까지 계속해서 노력하고, 넘어져도 일어설 것이다. 다들 마음속에 튼튼한 건물이 지어지길 바란다.

자신이 무너져도 세상은 멀쩡하게 돌아간다. 언제까지 무너져있을 수는 없다. 현실을 바라보며 자신의 실패를 받아들이고 또 다시 새로운 목표를 이뤄나가면 된다. 실패는 실패가 아니다. 성공할 수 있는 방법이다. 실패했기에 성공할 수 있는 것이다. 실패가 수 없이 많이 일어난 뒤 일궈낸 성공은 그 어떤 성공보다도 값지고 견고하다. 모두가 튼튼한 건물을 만들어 큰 지진이 일어나더라도 그 건물 속에서 자기 자신을 지킬 수 있길 바란다.

인간은 계속해서 평생 동안 성장한다.
몇 백 번 넘어지면 몇 백 번 일어나면 된다.

꿈

박하민

나는 평소와 같이 친구와 이야기를 하다 문득 '이게 맞나?'라는 생각이 들었다.

평소에도 문득문득 의문이 든다.

자존감이 낮아진 탓에 내가 내가 아닌 것 같다는 생각이 든다.

분명 이게 현실임에도 자꾸 부정하게 된다.

어떤 날은 꿈이 현실이었으면 하고, 어떤 날은 현실이 꿈이었으면 한다.

꿈을 꾸었다.

꿈에서 어떤 드래곤이 내 가족을 전부 죽이고 세상 사람들을 죽이고 건물도 전부 부쉈다.

세상이 멸망했는데도 나는 슬프지 않았다. 현실보다 더욱 행복했다. 드래곤은 나의 친구가 되었다. 그 드래곤은 너무나 상처가 많고 외로운 드래곤이었다.

하지만 외로운 나머지 어두워진 나보다 너무나 밝아 보였다. 아니 밝아지려고 노력하는 것 같이 보였다. 드래곤은 나를 위로해 주었고 온전한 나를 받아주었다.

그리고 눈을 떴다. 나는 아무 감정이 들지 않았다. 그저 꿈에서 너무나 행복했다는 것뿐 그 이상 그 이하의 생각은 들지 않았다. 그렇게 아무렇지 않게 하루를 살았다.

오늘 하루는 마치 악몽을 꾸는 것 같았다. 꿈에서는 모든 사람이 죽고, 드래곤과 나만 남았다. 현실에서는 사람들은 있지만 친구와 나는 없었다. 꿈에서는 온전한 '나'였지만 현실에서는 모든 사람에게 맞춰가고 있었다.

하루하루 내가 사라지는 것 같았다. 어떤 날에는 현실이 행복했지만 너무나 불안했다. 이젠 꿈에서 살고 싶다. 온전한 나를 찾고 싶다.

꿈을 꾸었다.
드래곤은 나의 친구가 되었다.
그 드래곤은 너무나 상처가 많고 외로운 드래곤이였다.
하지만 외로운 나머지 어두워진 나보다 너무나 밝아 보였다.
아니 밝아지려고 노력하는 것 같이 보였다.
드래곤은 나를 위로해 주었고 온전한 나를 받아주었다.

성장통

하지영

저는 제가 살아온 삶에 대해 이야기를 해보려고 합니다. 저는 아직 19살이지만, 사춘기 시절이었던 14살 때 흔히 말하는 노는 아이들과 무리지어 어울려 다녔습니다. 그런 아이들과 다니면 안 되는 걸 알지만 그때 당시 저는 그 아이들이 너무 멋져보였고, 해서는 안 되는 일인 걸 알지만 하고 다녔습니다.

다니던 학원도 끊고 늦게 들어가는 일이 잦아졌습니다. 또한 어머니께 거짓말을 하며 용돈을 받아갔고, 받아간 용돈으로 그 아이들과 다니며 매일 돈을 펑펑 썼습니다. 하지만 3년이 지난 17살 때 그 아이들과 다니면서 항상 시비와 싸움이 일상이었고, 미래의 제가 많이 걱정이 되어 서서히 연락을 끊고, 저의 진로를 찾기 시작했습니다.

하지만 그때의 아이들과 저의 추억이 많은 탓인지 쉽게 끊어내지는 못했습니다. 간혹 그 아이들의 SNS와 제가 전에 쓰던 SNS 계정을 보며 추억팔이를 하면 저절로 미소가 번지더군요. 어쩌면 그때의 그 아이들이 저에게 우정, 사랑, 의리가 무엇인지 알려주고 이렇게 해서는 안 된다는 것을 알려준 것 같습니다.

18살이었던 작년의 저는 우연히 다시 그 아이들의 SNS를 봤는데 그때 그 시절 아이들은 어디가고 새롭게 변해있었습니다. 물론 몇몇의 아이들은 그대로였지만 대부분 일도 시작하고, 새로운 친구들을 사귀며 그때 그 시절 아이들은 완전히 다른 사람으로 바뀌어 있었습니다. 저 역시 알바를 시작하고, 진로를 완전히 잡았습니다.

2022년 19살이 되던 해에 저는 용기를 내 그 친구들에게 연락을 했고, 그 친구들은 새로운 친구들도 사귀고, 새 삶을 살고 있다고 답장이 왔습니다. 저 역시 바뀌었다고 말을 하고, 언젠가 다시 꼭 만나자는 다짐을 하고, 지금까지도 연락을 하고 있습니다.

사춘기 시절인 저에게 유일한 친구이자 가족이 되어준 그 친구들에게 슬픔과 기쁨, 사랑과 우정, 이별을 배웠고, 덕분에 저는 이만큼 자라온 것 같습니다. 누구에게는 이해 안 될 이야기지만 저에게는 정말 소중한 추억을 간직해주고, 많은 것을 깨닫게 해준 친구들이기에 잊지 못하는 것 같습니다. 지금까지 사춘기 시절 만났던 친구들에게 많은 것을 배운 저의 이야기였습니다.

18살이었던 작년의 저는 우연히 다시 그 아이들의 SNS를 봤는데 그때 그 시절 아이들은 어디가고 새롭게 변해있었습니다. 물론 몇몇의 아이들은 그대로였지만 대부분 일도 시작하고 새로운 친구들을 사귀며 그때 그 시절 아이들은 완전히 다른 사람으로 바뀌어있었습니다. 저 역시 알바를 시작하고 진로를 완전히 잡았습니다.

제3장 선생님의 글

머리를 잘렸다

신선희

귀밑 1cm, 단발머리. 고등학교 때 머리규정이었다. 모두가 똑같은 머리로 학교를 다녔다. 어느 날 머리를 규정하는 것이 인권침해라며 학생들 머리에 자율권이 부여됐다. 진정한 자율권 보장과 인권보장이 무엇일까 지금도 혼란스런 현실이다.

상담실에 한 학생이 왔다. 부모에 대한 불만이 하늘을 찔렀다. 예쁜 말이 나오지 않았다. 적어도 부모에 대한 최소한의 예의도 없는 아이라고 생각했다. 그리고 애기를 들었다. 이해가 되었다. 나라도 그럴 수 있겠다고 맞장구를 쳐 주었다. 머리를 잘렸다. 아니 밀어버렸다. 아버지한테. 그 한 사건만은 아닐 것이다. 불행히도 그 한 사건이 보태지며 아이와 부모 사이엔 엄청난 강이 흐르고 있었다.

난 강원도 산골에서 태어나 어렸을 적부터 산으로 냇가로 뛰어다녔다. 노느라 엄마가 정해 놓은 시간에 집에 들어간 경우가 드물었다. 딸만 있는 집에 어둑해서도 들어오지 않는 딸을 엄마는 엄하게 야단하셨지만 난 번번이 놀다 시간을 놓치기 일쑤였다. 그날도 어둑해서야 집에 들어왔는데 야단이 없으셨다. 엄습하는 불안감. 난 그날 머리를 잘렸다. 언제나 말꼬랑지처럼 묶거나 양갈래로 따고 다녔던 나의 긴 머리가 싹뚝싹뚝 잘려 나갔다.
엄마와 나 사이에 정적만이 흐르면서 나의 단발식이 치러졌다. 10살. 난 그때 처음으로 '설움'이라는 감정을 온몸으로 체험했다. 머리가 잘려 나가는데 저 밑에서 울컥울컥 울음이 올라왔다. 작게 시작된 울음은 머리가 잘리고 내 방으로 왔을 때 폭풍 같은 눈물이 되어 이불이 들썩일 정도로 내 안에서 자꾸자꾸 쏟아져 나왔다.

오래전 인사동에 원성 스님 그림전을 보러 갔다. 거기서 난 '첫 삭발'이란 그림 앞에 한참을 서 있었다. 그 옛날 머리 잘린 내가 그 그림 속에 있었다.

웬만해서는 울지 않던 스님이 파르라니 깎은 머릴 매만지며 그만 흥건히 흥건히 목 놓아 울어 버렸다고 썼다. 이유는 다르지만 첫 삭발에 나도 스님도 울었다.

머리를 별스럽게 한다고 내가 바뀌는가? 포장을 바꾼다고 속까지 바뀌는가? 겉포장의 소란함이 씁쓸한 것은 보이지 않는 것에 대한 소중함을 놓치고 있기 때문이다. 귀밑 1cm의 소녀들은 머리 모양이 그닥 중요하지 않았다. 그 속에서도 철학을 말했고 문학을 말했다.

머리를 잘렸다. 이건 다르다. 그래서 그 아이는 부모에게 분노하고 있었고, 난 40이 넘은 나이에 10살의 나를 대신하여 엄마에게 물었다. 아니 따졌다.

살면서 많은 사람들과 만나고 헤어진다. 가족은 쉽게 헤어질 수 없는 관계라 상처가 더 크다. 우리는 서로에게 어떤 사람인가? 진심으로 그들을 위해 말하고, 마음을 쓰고 있는가? 사는 동안 계속해야 할 질문이다.

지금 15개월 된 내 손녀가 잠시 우리 집에 와 있다. 아직 말도 못하고 기억도 못 할 나이지만 매일 매시간 성장 중이다. 오늘도 이 아이는 세상을 흡수하고 있다. 자기가 보는 그대로, 느끼는 그대로...

오늘 난 누군가의 성장을 방해하지는 않았는지 조심스럽게 하루를 접는다.

달팽이는 느려도 늦지 않다

신선희

다친 달팽이를 보거든 섣불리 도우려고 나서지 말라
스스로 궁지에서 벗어날 것이다.
성급한 도움이 그를 화나게 하거나
그를 다치게 할 수 있다.

하늘의 여러 개 별자리 가운데
제자리를 벗어난 별을 보거든
별에게 충고하지 말고 참아라.
별에겐 그만한 이유가 있을 거라고 생각하라.

더 빨리 흐르라고 강물의 등을 떠밀지 말라
강물은 나름대로의 최선을 다하고 있는 것이다.

장 루슬로의 시 '달팽이는 느려도 늦지 않다' 이다.

나이 50이 되는 해, 교직 생활도 꽤 했을 즈음 난 교사 생활의 터닝포인트가 되는 교사연구회 활동을 하게 된다. 그곳에서 활동하시는 선생님들을 보면서 나의 교사 생활에 깊은 성찰과 앞으로 남은 교사생활의 변화를 절실히 느끼게 되었다. 이 시는 그 곳에서 만났다.

점심시간 교정을 걷다 너무도 복장 불량인 학생을 만났다. 이건 학생의 복장이 아니라 판단되어 제대로 입고 다니길 지적하였으나 학생의 태도가 불손하기 짝이 없었다. 순간 황당하면서도 더 야무지게 야단을 해야겠다고 교무실로 데리고 왔다. 그러나 더 이상 야단을 치지 않았다. 학생의 분노에 찬 모습에 어떤 말을 한들 독이 될 거 같았다. '무엇이 이 아이를 이토록 분노하게 했을까' 물론 나의 지적질에 기분이 나쁠 수 있겠지만 이 아이는 왠지 머리부터 발끝까지 세상에 분노하고 있는 것처럼 보였다. 야단을 치지 않고 세워놓기만 한 나에게 짜증을 냈다. "아니다. 야단하려했으나 그러고 싶지 않구나. 다만 어른한테 말할 때 좀 더 공손하게 말해주면 좋겠다"며 그 아이를 보냈다.

우리는 흔히 드러난 행동만을 갖고 야단을 할 때가 많다. 그러나 들여다보면 다 그럴만한 이유가 있다는 것을 나이가 들면서 보이기 시작했다.

섣불리 도우려다 마음을 다치게 하지는 않았는지. 시답지 않은 충고가 가시가 되지는 않았는지. 최선을 다하고 있는 아이한테 등을 떼밀지는 않았는지. 이 시를 대하면서 그동안 나를 지나간 많은 학생들에게 나도 기억하지 못한 그러나 그들은 기억하고 있을 나로 인한 상처가 있다면 용서받고 싶었다.

나에게 두 아들이 있다. 돌아보면 큰아이를 많이 혼내고 야단친 거 같다. 고2 때 큰아들이 나에게 덤볐다. 몹시 화가 나서 꿇어앉히고 머리를 후려쳤다. 돌아간 내 아들 머리가 반항심에 다시 나에게로 오려했다, 난 떨었다. 저 아이가 나를 노려보는 순간 난 무너질 거 같았다. 그러나 다행히도 아이는 고개를 숙여줬다. 놀란 가슴을 쓸어내렸다.
난 이미 아이한테 졌다. 엄마로서 제 감정에 겨워 아이 머리를 후려친 것이다. 다음 날, 아이가 학교를 가면서 "어머니, 아무리 화가 나셔도 머리는 때리지 말아 주세요." 한마디 야무지게 하고 나갔다. 난 너무도 부끄러웠다. 쥐구멍에 내 머리를 처박고 싶을 정도로 창피했다. 아들은 나를 완전 KO패 시킨 것이다.

아이가 군대를 갔다 와선가. 난 아이한테 무릎을 꿇었다. 엄마도 어린 나이에 엄마가 되다 보니 엄마라는 이유만으로 너를 많이 혼내고 야단한 거 같아 미안하다고, 큰아이는 깜짝 놀라며 엄마는 마땅히 엄마의 도리를 한 거라며 도리어 나를 위로 해 주었다.

학교에선 교사로 집에선 엄마로 살아가고 있지만 처음부터 지금의 나는 아니었다. 나도 무수히 많은 시행착오와 실수를 저지르며 내가 되어가고 있는 것이다. 가는 세월 속에서 나도 성장하고 성숙해 가고 있는 것이다.

17, 18살의 우리 학생들을 만난다. 처음엔 그들의 외적 행동에 나도 화를 낸 교사였다. 그러나 지금은 '달팽이는 느려도 늦지 않다'가 보이기 시작했다. 지금의 모습보다는 그 아이들 속에 있는 씨앗들에 초점을 맞추고 있다. 아직 발아하지도 않은 아이들의 씨앗들을 발견하고 물을 주고 싶었다. 내가 발견하지 못하더라도 스스로 발견하도록 도와주고 싶었다.

우리 모두는 내 안에 무궁한 씨앗들을 갖고 태어난다. 어떤 씨앗인지 알 수는 없다. 그 씨앗을 발견하고 잘 키울 수 있도록 우리는 서로 도와야 한다.

세상을 먼저 산 사람들이 더 많은 것을 가진 자가 더 많은 것을 알고 있는 자가 세상을 위해 써 줘야 한다. 그래야 내가 산 세상보다 조금이라도 나은 세상이 될 것이다.

오늘도 난 수 많은 달팽이들의 미래를 응원한다!!!

다친 달팽이를 보거든
섣불리 도우려고 나서지 말라
스스로 궁지에서 벗어날 것이다.
성급한 도움이 그를 화나게 하거나
그를 다치게 할 수 있다.

내 마음속의 봄

조은영

내 마음 속 봄을 찾아
어딘가 웅크리고 앉아있을 너에게
그 봄을 전해주고 싶다

내가 찾은 그 봄이
한 겨울 눈보라 속에 있을 그 때에도
너와 함께 있었노라 전해주고 싶다

그렇게 그 겨울이 지나고
내가 전한 봄이 너에게 닿아
우리가 만나게 될 그 때
잘 견디었노라 전해주고 싶다

그렇게 그 겨울이 지나고
내가 전한 봄이 너에게 닿아
우리가 만나게 될 그 때
잘 견디었노라 전해주고 싶다

시(詩) 감상

봄이 우리를 손짓한다

윤정현

봄은 만물이 소생한다.
생명의 탄생은 기쁨이요
탄생은 새로움과 완성이라는
언어와 일맥상통한다.

우리의 의식이 확장되어
새롭게 세상을 바라보는 것
꿈꾸던 무언가를 성취하는 것
사랑하는 사람을 만나
세상이 다르게 보이는 것
어둠의 터널을 지나
새로운 세상을 마주하는 것

이처럼 우리 삶에
다가오는 봄은 많다.
그 추운 겨울을 견디고 지나서
따뜻하게 맞이하는 우리들의 삶을
이 시는 그렇게 봄이라는 단어로 노래한다.

【내 마음속의 봄에 대한 시 감상평】

따뜻함만 있다면

조은영

따뜻함이 있다면
친절하지 않아도
그 마음이 전달된다

따뜻함이 있다면
결과가 어떠하든
그 마음이 전달된다

따뜻함이 있다면
강함이 부드러움으로
그 마음이 전달된다

따뜻함만 있다면
그 따뜻함이
그 누군가의 마음에
또 다른 따뜻함으로 전달된다

그 따뜻함으로 인해
너와 내가 그리고 우리가
너와 나로 그리고 우리로 인해
우리의 공간이 온전한 따뜻함으로
채워질 수 있길 바래본다

시(詩) 감상

주저함은 더 나은 선택을 위한 고민이다

윤정현

츤데레라는 말처럼
그 마음이 진정성이 있으면
오해하고, 실수하였을지라도
시간이 필요할 뿐 본심은 전해진다.

우리는 삶을 오래 살지 않았고
수많은 지식이나 경험들을 다 겪어보지 않았다.
그렇다면 누구나 넘어지고 실수한다.

어색하고, 부족하고, 넘어지고
마음은 있지만 다 표현하지는 못한다.
마음은 있지만 그것이 말과 행동으로 나오기까지
우리는 내면에서 얼마나 많은 주저함과
고민스러운 선택을 스스로에게 질문하는가?

하지만 이 시는 우리가 어쩌하든
그 마음이 따뜻하고 진실하다면
어느 순간 그 따뜻한 온기가 전달됨을 알려준다.

【따뜻함만 있다면에 대한 시 감상평】

매 력

윤정현

잘 하면서도 성장을 멈추지 않으며
최고이면서도 교만하지 않고
드러내지 않으면서도
열정을 주변에 나눠주는
그런 선한 영향력을 가진 사람

그가 바로 손흥민이다.
그를 싫어하던 사람도
그를 알게 되면
그의 사랑의 포로가 된다.

세계 최정상급 선수이자 스타이면서
경기가 끝나면 팬들을 챙기고
미래 축구 선수의 꿈을 꾸는
손바라기 아이들에게
자신의 티셔츠를 선물한다.

사람에게서 흘러나오는 매력이란
그가 권력이 있어서가 아니라
그가 외모가 잘나서가 아니라
그가 능력이 뛰어나서가 아니라
최고이면서 겸손하고
뛰어나면서 타인을 배려하는
그의 인간적인 향기에 취해서다.

사람의 꽃이 가장 아름답듯
사람의 향기 또한 가장 향기롭다.
끌림은 매력이요
매력은 향기다.

시(詩) 감상

향기로운 사람

윤정현

꽃 중에 가장 아름다운 꽃은
사람의 꽃이요
향기 중에 가장 향기로운 것은
사람의 향기라고 말한다.
또한 사람 냄새나는 그런 곳에 살고 싶다고 말한다.

이는 아무 사람이나 그런 것은 아니다.
매력 있는 사람 그것도
내면의 매력을 갖춘 사람에게 하는 말이다.

능력 있는 사람
한 분야의 전문가인 사람
스타로서 인기 많은 사람
올림픽 금메달을 획득하고 세계 최고가 된 사람
이런 사람이 되기도 어렵지만
그렇다하여 무조건 그들을 존경하지는 않는다.

최고의 권력을 가졌으나
낮은 곳에 있는 사람을 보듬어 줄줄 아는 사람
최고의 스타가 되어 만인의 사랑을 받지만
겸손하여 타인을 배려하는 사람
최고의 지식과 명예를 가져 세계적인 유명인사이지만

긍휼한 마음이 있어 어려운 사람을 돕는 사람
이런 사람들이 진정한 매력을 가졌으며
향기로운 냄새가 나는 존경받는 사람들이다.

예전에는 나이 많고, 돌아가신 분들을 존경했다.
하지만 21세기 현대인은 살아있는 사람들,
또 젊은 사람들 가운데서도 존경받는 사람들이 많다.
이는 그만큼 외적 성공만이 전부가 아님을 알려준다.
홀로 행복할 수도 있지만
다함께 행복할 수 있는 것은 최고의 자리에 있어도
타인과 함께 나누려는 겸손과 배려가
우리 사회를 따뜻하고 행복하게 만들어준다.

아프리카 남수단에 학교를 세우고, 병원을 세우고,
수많은 사람들을 살리셨던 이태석 신부님도 존경받지만
세계적인 축구선수가 되었어도
타인을 배려하는 손흥민 선수나
전세계인의 사랑을 받는 방탄소년단의 나눔의 정신은
많은 사람들에게 향기롭게 사는 것이
무엇인지 들려주고 있다.

【매력에 대한 시 감상평】

Five 하모니

윤정현

웃고 있다
가시에 찔린 장막 뒤
무심한 듯 미소 지으며
한 올 한 올 실을 엮는다

미니는 꿈꾼다
치유 받지 못한 세상에
하나의 치유제가 되고 싶다는
손 소독제의 바람은
사람으로 치유 받는 세상이다

지니는 노래한다
따뜻함이 사라진 곳에
수많은 열정으로 불태운다
너를 품어줌으로
달은 오늘도 지구를 돈다

유니는 품는다
그냥은 무딤이 아니라고
타인을 배려함은 못나서가 아니라
어색하고 쑥스러워
그냥이 증표였음을
구속은 또 다른 사랑의 표현이었음을

서여니는 바란다
매일이 같음은
다름을 찾아내는 숨바꼭질처럼
쉽지만 평생을 하지 못하는
당연함이 소중함으로 바뀔 때
잘 자라는 말은 나올 수 있음을

혀니는 즐긴다
혼자였던 세상에
둘이 되고 다시 셋을 향해
편안함은 자유를 선사할 수 있다는
여유로움을 우리에게 들려준다

다시 우리들이 만들어 가는 세상은
하모니를 이루며
꿈을 노래하며
너의 바람을 품고 나아간다
함께 즐길 수 있는
너와 나 그리고 우리들 세상이라고

시(詩) 감상

바람은 약속이며 희망이다

윤정현

학년이 올라가고
나이를 먹을수록
할 일이 너무 많아지는 느낌이다.
하고 싶은 것은 많은데 시간이 없다.

이것을 마치면 조금 여유 있겠지.
저것을 완성하면 좀 나을 거야.
이런 생각들은 거기에 도착해서도
다시 더 많은 일들이 나를 기다린다.

독립하면 좀 더 많은 시간이 있을 거야.
대학교에 가면 연애할 시간도 많고
취업하면 나만의 여가를 즐기고
결혼하면 꿈같은 시간들이 나를 기다리고...

그런데 독립하면 청소며, 집안 살림이며
공과금과 잔잔한 일들이 더 많이 몰려온다.
대학교에 들어가면 더 많은 시간을 공부에 몰두하고
취업하면 직장 스트레스와 피곤함으로
휴일이면 잠에 골아 떨어진다.
결혼하여 신혼의 시간이 지나면
더 많은 바쁨의 시간과 짐들이 지워진다.

자유와 여유를 바라지만
아무리 달려가도 더 바쁘고 피곤하다.
그럼 삶의 하모니는 어디에 있는가?
지금 여기 너와 내가 얼굴을 마주보며 미소 짓고
작은 성취들에 감사하며 즐기는 것
그리고 또 다른 내일을 향해 바람을 품는 것
바로 거기에 우리의 삶이 쫓기지 않고
조화를 이루며 사는 안분지족의 삶이 스며들어 있다.

독립하면 독립의 즐거움이 있고
대학교에 가면 대학의 맛과 멋이 있으며
취업하면 학창시절 겪지 못한 그것만의 즐거움이 있고
결혼하면 솔로일 때 느끼지 못한 행복이 있다.

삶이 고통일 수 있지만
삶이 즐거움과 축복의 만찬일 수 있다.
그건 선택의 문제이지
환경의 문제만은 아니기 때문이다.

【Five 하모니에 대한 시 감상평】

인연의 바다

윤정현

마음이 내려 앉아 길을 잃으면,
다시 길을 찾아 걷기까지 꽤 오랜 시간이 걸렸다.
왜 성격이 안으로만 안으로만 향하도록 주눅 들었는지 알 수 없
었지만,
고등학생이 되었어도 교무실에 들어가는 것을 무서워했다.

아마도 어머니의 성격을 닮지 않았는가 생각이 든다. 일제강점기
어머니는 17살의 어린 나이로 엄한 시부모가 있는 가난한 농가로
시집을 오셨다. 가난했기에 그 가난을 벗어나고자 아버지는 일본
홋카이도 광산으로 징용을 선택했다.
지금으로 생각하면 고등학교 1학년 나이인 어린 신부는 신혼의
꿈도 없이 이별의 삶을 살아내야 했다. 그 어린 나이로 시부모를
부양하고, 더구나 시어머니는 치매로 3년이 넘도록 온갖 수발을
들어야했다. 그러면서 소와 돼지, 닭을 키우고, 논밭을 돌보며, 살
림살이에 8남매의 아이들을 키워냈다. 어렸을 때 어머니에 대한
기억은 밤늦게까지 뒷산 너른 밭을 매고, 달이 떠오른 시각에야 집
으로 들어오시던 모습이 눈에 선하다.
식민지속 가난의 생활은 살아있는 것이 고통처럼 느껴진다.

다시 그 순간을 떠올리며 글을 쓰고 있는 동안 그 아픔과 외로
움이 긴 침묵을 타고 가슴으로 파고든다. 벌써 오래 전 돌아가셨기
에 기억에서는 많이 흐려졌지만, 그 순간을 살아냈을 어린 소녀의
심정으로 들어가려하니 예전 점촌에서 위암으로 홀로 휴양하면서
사람을 만나고 싶었지만 만날 수 없었던 지독한 외로움에 떨고 떨

었던 기억이 떠올라 슬픔이 밀려온다.

그때는 친구들이 서울에 있었기에 보고 싶었지만 갈 수가 없었기에 사람을 만나고 싶은 마음이 간절했었다. 너무 외로워서 친했던 친구에게 전화를 했는데, 그 친구도 삶이 바빠 내려올 수 없다고 했다. 우리는 이렇게 부모 세대보다 훨씬 풍요로운 세대를 살아가면서도 생계를 위해 삶이 너무 바쁘다. 진짜 그때는 살아있다는 것이 더 힘들도록 지독한 외로움은 내 영혼을 짓눌렀다.

그때가 40대 중반이었다.
그런데 어머니는 10대 후반의 소녀였다.
그 어린 소녀였던 어머니는 얼마나 외로우셨을까?
친정 부모님이 얼마나 보고 싶었을까?
아무도 모르는 타지에 홀로 뚝 떨어진 어린 아이는 얼마나 밤이 무서웠을까?
만나고 싶어도 갈 수 없고, 도망가고 싶어도 도망갈 수 없고, 말하고 싶어도 말할 친구도 없었던 시절을 어떻게 견디어 냈을까?
글을 쓰기 전에는 잊혀진 기억이었지만, 글을 쓰고 있는 지금 이 순간 나도 모르게 눈물이 볼을 타고 흐른다.

글을 쓴다는 것은 감정을 어루만지는 작업 같다.
그리고 기억의 대상들과 다시 만나 풀지 못했던 회포를 푸는 시간들의 만남 같다. 다시 그 시간을 되돌릴 순 없지만 그래도 미안했던 감정, 죄송했던 감정, 말하고 싶었던 감정 그리고 진짜 사랑했다고 말하지 못했던 감정을 쏟아내는 그런 시간 말이다.
어머니는 내 곁을 떠나갔지만 이제 글로나마 나의 어머니로 와주셔서 감사했다고 말씀드리고 싶다. 사랑한다고, 아주 아주 많이 사랑한다고 말씀드리고 싶다.

"어머니 사랑합니다! 그때는 너무 어려서 몰랐고, 나이 들어서는 내 갈 길로만 갔었고, 결혼을 하여 살면서도 어머니의 삶을 몰랐습니다. 그땐 너무 철이 없어서 몰랐습니다. 왜 그때는 고마웠다고, 사랑한다고 말이라도 한번 해드리지 못했을까요? 그 수많은 시간을, 그 아프고 힘들었던 날들을 어찌 홀로 안고 견디셨는지요? 이제 아픔이 무엇인지, 외로움이 무엇인지, 슬픔이 무엇인지, 홀로 남겨진다는 것이 무엇인지, 삶을 살아내야 한다는 것이 무엇인지 깨달아가면서 어머니의 삶을 더듬어갑니다. 다시 만나서 안아드리고 싶습니다. 언젠가 우리의 시간이 되면 다시 꼭 만나요. 그때 큰절로 문안 인사드리겠습니다. 사랑합니다! 나의 어머니!"

그 가난한 농촌에서의 시간을 뒤로 하고 우리 가족은 하나 둘 서울로 자리를 옮겨왔다. 8남매와 두 부모님, 10명이나 되는 식구가 2층 단칸방과 좁은 다락방을 우리의 터전으로 겨울이면 벽에 성에가 끼는 그런 추위를 이겨내면서 다가올 미래에 대한 무관심 속에 학창시절을 마냥 놀기 좋아하는 소년으로 보냈던 것 같다.
먼저 형님들과 누님들이 서울에서 직장 생활을 할 때 어머니는 가을걷이를 마치면 어린 자녀들을 아버지와 같이 남겨두고, 이것저것 살림을 챙겨 뒷바라지 하러 홀로 상경하셨다. 농사에 지친 몸을 이끌고 다시 겨우내 식모 아닌 식모살이와 같은 시간을 보내시곤, 봄이 되면 다시 시골로 내려와 농사짓고, 시부모와 남편, 남은 자녀들을 챙기셨다.

형님들이나 누님들은 모두 초등학교를 졸업하고는 서울로 그 어린 아이들을 어머니는 품에서 떠나보냈다. 시골 깡촌에서는 먹고 사는 것이 힘들고, 그 당시 중학교에 보낼 학비가 없었기에 8남매의 미래 살아갈 길을 위해 어머니께서 그런 결정을 하신 것 같다.
아버지는 남자였어도 그걸 반대하였고, 서울로 떠나갈 때도 많이 우셨지만, 어머니는 눈물 한 방울 흘리지 않았다. 그 후로도 많은 삶의 우여곡절들이 있었지만 어머니는 너무나 힘든 시간들을 살아오신 내공이 있었기에 겉으로 슬픔을 표현하는 일이 없으셨다. 그 울지 않음의 의미를 세월이 많이 흐른 후에야 알 수 있었다.

한번은 큰형님이 일하는 곳에서 프레스 장비에 손가락이 잘라나간 사건이 있었다. 그때가 중고등학생 청소년기인데 아무리 표현을 하지 않으신다지만 어린 나이에 고생을 해본 어머니로서 큰아들의 고생과 아픔을 어떠한 심정으로 바라보셨을까?

아들보다 더 속으로 통곡하시면서 우셨을 것이다.

그때는 하나의 이야기로, 하나의 사건으로 무감각하게 느껴지던 것들이 나이를 먹고, 수많은 삶의 경험들을 하면서 그리고 이렇게 그 당시를 글로 회상하면서 어머니의 심정이 가슴으로 다가온다.

인생이란 하나의 수레바퀴 같다.

어릴 때는 동심의 세계에 천방지축 뛰어놀고, 청소년기 자기들의 세계에 갇히고, 성인이 되어 생계의 전쟁에 바쁘게 살다보면 어디로 가는지 모르면서 달려간다. 하지만 그런 바쁨의 시간이 지나면 자신과 자신의 주변을 돌아볼 마음의 여유가 찾아온다.

그때 그런 길을 달려갔던 부모님과 만난다. 그냥 어른이기에, 그냥 나의 부모님이기에 당연히 나를 키워준 줄 알았던 순간들이 그렇지 않았다는 것에 당황한다.

아! 나의 어머니도 어린 소녀였고, 마냥 놀고 싶었던 청소년기를 살아왔고, 자기만의 세상을 살고 싶으셨던 꿈 많은 여인이었다는 사실을 인식하면 미안함과 함께 그런 마음을 한번 들여다보지 못하고, 가끔이라도 아주 가끔이라도 그런 마음을 노크해보려고 관심조차 주지 않았던 어리석음에 가슴이 아려온다.

어찌 그리도 무심할 수 있을까?

어찌 그리도 매정할 수 있었을까?

얼마나 많은 수레바퀴를 돌아야만 우리는 우리의 부모님을 이해하는 시간을 살아낼 수 있을까?

이 시간은 오로지 어머니와 만나고 싶다.

아버지에 대한 시간도 기회가 된다면 꺼내고 싶지 않은 기억의 저장고에서 감정을 토해내는 시간이 오겠지만 지금은 아니다. 다시 어머니를 만날 수는 없지만 이제 조금이나마 편안한 마음으로 어머니를 보내드릴 수 있을 것 같다.

그리고 주어진 시간 어머니께 해드리지 못한 마음에 간직했던 미안함의 조각을 하나씩 떼어 향기로움으로 입혀 가리라. 고맙고 감사해도 말하지 않았고, 알고 있어도 말로 전하지 못한 사연들이 이제는 상대방이 알 수 있도록 따뜻하게 속삭여 주리라.

내가 이렇게 하는 것은 우리 엄마에게 진 빚이 있어서 그걸 갚고 가고 싶다고 말이다. 남겨진 시간만이라도 후회하지 않도록 마음껏 내가 알고 있는 사랑을 표현하면서 살겠노라고 약속한다.

"어머니! 당신의 아들이 알을 깨고 나왔어요. 당신의 사랑의 힘으로 말이에요. 예전에 그렇게 내향적이라서 표현하지 못하고, 사람을 두려워하고, 항상 위축되어 세상을 무서워했던 그런 깊은 구덩이에서 나와 밝은 빛의 세상으로 이제 걸어갑니다. 당신의 침묵 속에서, 당신의 아픔 속에서, 당신의 눈물 속에서 오로지 자식만을 위해 걸어가셨던 그 사랑 때문입니다. 이제 저는 두려워하지 않아요. 이제 저는 사람을 좋아해요. 그들을 만나기 위해 그들 곁으로 가는 법을 배웠어요. 어머니의 사랑의 힘으로요. 그 사랑의 약속 지키며 살아갈게요. 걱정 마세요. 이제는 앞으로만 앞으로만 계속 나아갈 거에요. 사랑합니다."

골짜기의 계곡을 따라 시냇물이 흐르고, 다시 강을 만나 바다로 흘러간다. 골짜기에 있을 때는 아무 것도 보이지 않았지만, 흐름에

맡겨 인연을 따라 가는 법을 배우니 따뜻함이 느껴진다. 저기 저 넓은 들판을 지나 흐르는 강은 따사로운 태양의 빛을 받아 나에게 내리 쪼인다. 차가운 계곡 물에 닫혀진 마음이 그 빛살을 받아 윤슬처럼 아롱지게 빛난다. 이제 더 큰 바다로 여행할 시간이다. 인연의 잔물결이 어루만지면서 태양의 파도치는 푸른 물결 속으로 나를 데려가기 위해 기다리고 있다. 주저함을 잊은 나는 이제 두려움도 물결 속 내맡김에 스쳐지나가는 과정임을 알아차렸다.

저 바다로 가기 위한.

'밥 먹었니'와 '사랑해'는 동의어다

윤정현

　배철수의 음악캠프를 듣는데 '밥 먹었니'와 '사랑해'는 동의어라고 말한다. 그렇다. 그 말은 동의어다. 그런데 앞의 말은 많이 사용하는데, 뒤의 말은 잘 사용하지 않는다.

　왜냐하면 '사랑해'라는 말은 잘 사용하지 않았기에 민망하고, 어색해서 잘 사용하지 않는다. 사용하지 않는다는 말 보다는 사용하지 못한다는 말이 더 옳을 것이다. 우리는 평소 사용하지 않는 어색한 말은 사용하기를 주저한다. 늘 사용하는 말에 특화되어 습관화되었기 때문에 그게 몸에 배어 편한 것이다.

　'밥 먹었니'는 어려서부터 많이 듣고, 많이 사용한 언어다. 그래서 입에 붙었기 때문에 편하다. 밥 먹었니라는 말에는 상대방을 걱정하는 정서가 담겨있다. 걱정하고, 염려한다는 것은 배려요 사랑이다. 관심 없거나 미운 사람에게 밥 먹었니라고 말하지는 않는다.

　하지만 이 말은 약간의 부족함이 있다. 깊은 심리를 이해하는 사람이나 인생의 수많은 경험을 통해 그 의미를 완전히 알아차리기 전까지는 단순히 밥 먹었느냐는 말은 걱정으로만 들린다. 이 말이 사랑한다고 이해하기까지는 오랜 시간이 필요하다.

　그러한 경험으로 언어의 의미를 발견하고, 삶의 철학을 아는 것도 중요하지만 더 중요한 것은 언어를 이해 가능한 언어로 표현하는 방식도 중요하다.

　우리 시대 어른들은 자신의 감정을 표현하는 법을 대부분 배우지 못했다. 사랑한다는 말이나 고맙다는 말, 좋아한다는 말이나 감사하다는 말, 미안하다는 말이나 사과한다는 말, 위로가 되는 말을 우리는 평상시 주변에 잘 사용하지 않는다.

죽는 순간 가장 많이 후회하는 것은 '그때 그걸 할 걸'이다. 하고 싶은 것을 해볼 걸, 좋아하는 것을 할 걸, 사랑한다는 말을 더 많이 표현 할 걸 등등이다.

이심전심, 소울메이트, 죽마고우와 같은 관계가 되기까지는 오랜 시간이 필요하다. 그리고 그렇게 잘 통하는 사람은 극소수다. 물론 그런 사람도 필요하지만 우리 주변에서 만나는 사람은 그런 사람은 거의 없다. 그렇다면 감정을 표현하는 말을 좀 더 많이 우리 주변에 표현한다면 우리의 삶이 훨씬 풍요로워질 것이다.

어색하고, 민망하여 잘 사용하지 않아서 습관이 되었던 것처럼, 이제 다시 사용하는 것 또한 첫 한마디 말로 표현하는 습관에서 만들어진다. 어색하지만 처음으로 사랑한다는 말, 고맙다는 말, 감사하다는 말을 입 밖으로 표현해보자.

"요새 얼굴을 보니 해쓱해진 것 같아! 밥 잘 챙겨먹고 다녀! 넌 나에게 소중한 사람이니깐 아프면 걱정되자나!"

이렇게 말하면 단순히 '밥 먹었니'보다는 훨씬 감동을 받는다. 그리고 자신을 진심으로 걱정해주는 마음이 들여다보인다. 상대방이 느껴지는 감정의 언어, 공감할 수 있는 따뜻한 언어들은 우리 삶을 좀 더 여유롭게 이끌어준다.

감정의 표현은 우리의 삶을 더 풍요롭게 한다!

작품을 만들고 나서

사막의 오아시스
"처음 책을 만들 때 사막 같은 메마른 땅에서 이 책을 끝낼 때 쯤 우리의 사막은 오아시스가 되었습니다." (김서영)

『 내가 책을?

처음에 학교에서 책을 내보자고 하셨을 때 솔직히 말해서 조금은 부정적인 면이 있었다. 책은 글을 잘 쓰고 제대로 배운 사람만이 쓸 수 있을 거라고 생각했고, 또 시집도 읽기 싫어하는 내가 시를 쓴다고? 하는 생각도 들었다. 그런데 윤정현 선생님을 뵙게 되면서 그런 생각이 많이 바뀌었던 것 같다. 글은 그냥 누구나 쓸 수 있다는 것. 글에는 정답이 없기에 그냥 쓰고 싶은 대로, 하고 싶은 대로 하면 된다는 것. 처음에는 잘 써야한다는 부담감이 있었지만 시간이 지날수록 그저 글 쓴다는 것을 즐겼던 것 같다. 글 쓰는 게 너무 재미있었고 행복했다.

영감이라는 것을 받아보다

이번에 글과 시를 쓰며 가장 많은 영감을 받았던 부분은 가수 아이유의 노래이다. 아이유는 노래를 만들 때 사람들이 공감되고 위로되는 가사를 적는다고 하는데 사실은 그 말을 자신이 가장 듣고 싶은 말이 아닐까. 샤이니 멤버였던 故종현 가수도 생전에 썼던 노래 가사가 전부 자신이 듣고 싶었던 말들을 썼던 게 아닐까 하는 생각이 들었다. 어쩌면 나도 이 글을 쓰면서 두 사람처럼 사람들에게 하고 싶은 말을 적는다고 하지만 나 자신에게 하고 싶은 말, 듣고 싶은 말을 적은 것 같다. 누군가의 노래, 누군가의 글을 보며 여러 가지 생각이 들었고, 그 생각을 글로 표현할 수 있음에 행복하고 즐거웠다. 내 생각을 글로 표현하는 것이 얼마나 어려운 일인지, 또 그렇게 완성된 글을 읽으며 나 자신이 조금은 기특했다.

가장 성장한 것은 나 자신이 아닐까

이 책을 함께 제작하게 되면서 만나 뵙게 된 윤정현 선생님께서 끊임없는 칭찬과 피드백을 해주셨다. 더욱 자신감을 얻고 글을 쓰는 재미가 붙은 이유이기도 하다. 이번 책을 만들며 가장 성장한 것은 나 자신이 아닐까 생각한다. 내가 살아온 이야기, 내가 들려주고 싶은 이야기 맘껏 쓴 것 같다. 나의 글을 읽으며 나 자신이 성장했음을 느꼈다.

글을 쓰면 쓸수록 더욱 더 좋은 작품이 탄생하게 되었다. 처음 썼던 글부터 마지막까지 쓴 글 모두 다 나의 애정이 가득 담겨있다. 어느 것 하나 허투루 쓴 것이 없으며, 모두 하나하나 공들여 섬세하게 생각하고, 또 생각하며 만들었다.

그렇다고 마냥 평탄하게 진행되진 않았다. 주제가 생각이 안 나고, 글이 써지지 않아 한동안 아무것도 하지 못했던 시기도 있었다. 굳이 글을 억지로 쓰려 노력하지 않았고, 그저 하고 싶은 것을 했던 것 같다. 어느 순간부터는 다시 글이 잘 써지기 시작했다. 그리고 탄력 받아 더 열심히 쓰고, 더 좋은 작품이 탄생하게 되었다. 너무 얽매이지 않고, 그냥 자유롭게 정답은 없다고 생각하며 이 책을 써내려갔다.

마지막으로 감사의 말을

이 책을 읽어주는 모든 이에게 감사하다는 말을 하고 싶다. 항상 나에겐 잠재력이 있고, 글로 사람들의 마음을 움직이게 할 수 있다는 능력이 있다며 극찬해주신 윤정현 선생님께도 감사의 말을 전한다. 그리고 이런 기회를 만들어주신 신선희 선생님, 조은영 선생님께도 마찬가지로 감사의 말을 전한다. 포기하지 않고, 끝까지 노력해 좋은 작품들을 완성한 나 자신에게도 고맙다. 함께 이 책을 만든 친구들에게도 감사의 말을 전하고 싶다. (김서영)

저는 이번 글과 시 쓰기 수업을 하면서 정말 많은 것을 느꼈습니다. 제가 글을 쓰면서 이렇게 글을 잘 쓰는지 몰랐고, 시를 쓰면서 저의 생각과 감정이 많아졌습니다. 평소에 글쓰기를 싫어했던 저는 이번 수업을 통해 글쓰기와 시 짓기를 좋아하게 되었고, 주제만 주면 시를 쓸 수 있을 정도로 많이 발전했습니다. 기회가 된다면 저의 시집 한권을 내려고 합니다. 이번 수업을 통해 많은 것을 배웠습니다. 윤정현 선생님 감사합니다.
(하지영)

학생들 스스로 자신의 글을 써 내려가며 내면 깊은 곳의 상처와 내면의 자신과 마주할 수 있는 경험이었길 바랍니다. 글을 작성하는 시간이 쉽지 않았을 테지만 고민과 인내의 시간이 여러분을 성장시켰을 것이라 생각합니다. 처음의 걱정을 기우로 만들어준 여러분을 칭찬하며 이번 경험을 통해 앞으로도 무엇이든 도전해 보는 여러분이 되길 바랍니다. 수고하셨습니다. (조은영 선생님)

감사의 글

친구 딸 결혼식에 갔다. 오랜만에 연구회 선생님을 그 자리서 만났다. 내 친구와 아주 친한 동네 친구며 언니처럼 따른다 했다. 이런저런 애기에 학생들에게 책 만들기를 하고 있다고 전했다. 귀가 번쩍 띄었다. 어떤 애기든 우리 학생들과 함께하는 거라면 욕심이 생긴다. 그렇게 알게 된 작가 윤정현 선생님.

처음엔 '우리 학생들이 잘 따라 줄까?'라는 생각과 함께 책까지는 아니더라도 글쓰기까지 만이라도 이끌어 주시면 감사하다 전했다. 그리고 보게 된 학생들의 글 "아이들이 직접 쓴 글 맞나요?" 나의 첫 마디였다. 마무리 단계에서 보게 된 아이들의 글은 나보다 더 깊게 '산다는 것'에 대한 깊은 고뇌가 들어 있어 놀랬다. 그리고 글쓰기를 통해 학생들이 한층 '성장'함을 느낄 수 있었다. 감사했다. 지도해 주신 선생님과 잘 따라와 준 우리 학생들에게... 교사로서 가장 기쁘고 행복할 때다. 학생들이 성장해 가는 모습을 지켜본다는 것은 그리고 그 기회를 가까이서 볼 수 있다는 것은 교사로서 엄청난 행운이라 생각한다.

내 교무실 벽에는 '항상 너를 응원할게'라는 문구가 붙어 있다. 내가 가장 많이 하는 말이다. 거의 매일 말로 마음으로 날리는 문구이기도 하다. 작은 변화에도 감동한다. 학생들의 작은 변화가 내 눈에 보이며 콧등이 찡하고 가슴이 뻐근하다.

서영, 지영, 예윤, 하민 함께 책을 엮게 되어 기쁘구나. 앞으로도 계속 여러분의 삶을 응원합니다. 지금 시작이라 생각하고 어제보다 조금 나은 오늘에 집중하며 계속 자신의 '성장'에 노력하길 바랍니다. 모든 프로그램을 함께 해 주시는 조은영 선생님 그리고 '사막의 오아시스'를 완성해 주신 윤정현 선생님께도 무한 감사를 드린다.

교사   신 선 희

에필로그

글쓰기는 내면의 감추어진 진실한 자신과의 만남이다.

생각이 물 위에 떠 있는 부유물이라면, **말**은 그 부유물과 함께 찰랑거리는 물결의 일렁임이다. 그래서 그 말의 진정한 의미를 알아차리기 전에 파도치는 언어의 폭력에 의해 서로 다치는 경우들이 발생한다.

하지만 **글쓰기**는 물속으로 들어가는 과정이다. 글쓰기는 **생각을 깊게 하는 사고 작용**이다. 글은 바로 그런 사고와 사색의 반복적인 작용에 감성을 더하면서 완성되기에 되새기는 작용 없이 나오는 말에 비해 깊을 수밖에 없다. 글쓰기는 타자와의 부딪힘이 발생하지 않기 때문에 객관화의 세계로 들어갈 수 있다. 그 언어가 주는 의미를 사색과 관찰, 반성과 성찰을 통해 진실과 만나고, 진정한 의미와 만난다.

말은 대부분 주관적인 관점에서 던지는 일방통행적 소통 수단이라서 타인의 관점을 잘 배려하지 않는다. 하지만 글쓰기는 타자의 관점을 이해해야 표현 가능하기에 깊어질 수밖에 없다.

이를 다시 시적 표현으로 바꾸는 작업은 메타적 관점을 입혀야 한다. 어떤 소재를 통해 비유와 은유, 의인화하는 작업은 글의 주제를 이해하기 쉽도록 표현하는 훌륭한 전달 수단이요 표현 도구다.

지영이의 '눈물'이라는 시는 관계를 통해 만들어지는 서운한 감정이 그대로 녹아있으며, 그 눈물로 표현된 서운함은 떠나갈까 봐 눈앞에 아른거리는 이별을 암시한다. 그 이별적 암시가 가져온 눈물이라는 소재로 강렬한 사랑을 시적 언어로 표현하였다. 사랑은 어떠한 경우에도 다시 일어설 수 있는 힘을 준다는 것을 알 수 있다.

예윤이의 '거울'은 자신의 내적 자아와 잔잔한 대화를 통해 위로를 전하면서 다시 안아주는 서정적인 감성을 전해준다. 우리는 경쟁과 압박이라는 현대 사회를 살아가면서 자신을 만나고, 위로해주고, 되돌아보며 안아줄 수 있는 여유를 상실하고 있다. 망중한이라고 스트레스에 심신이 지치면 우리는 휴식을 찾는다. 그때 우리는 이렇게 되뇌인다. **'이런 나도 사랑해줄 수 있겠니?'** 이것은 우리 모두가 위로받고 싶다는 내면의 시그널이다. '거울'은 자신을 안아주면서 더 높이 날아오르고자 하는 마음을 담은 아름다운 시다.

하민이의 '치유'는 손 소독제라는 소재를 통해 내면의 치유를 비유적으로 잘 표현하였다. 외적 코로나 질병의 치유를 위한 필요성을 통해 내적 마음의 치유를 바라는 소망을 담았다. 위에서도 말했지만 우리는 언어와 비언어적인 시그널을 통해 많은 이들에게 상처를 준다. 무시하는 말투나 눈빛, 비교하거나 은근한 따돌림으로 인해 받는 상처들은 우리의 영혼을 고갈시킨다. 한 사람으로 시작된 코로나의 전염병이 전세계를 죽음으로 몰고 갔던 것처럼, 한 사람으로 인해 주는 상처는 마음에 지워지지 않는 흉터로 남게 된다. 하지만 소독제가 전세계인의 필수품이 되었듯이 상처받은 우리의 마음도 너와 내가 건네는 따뜻한 사랑으로 치유될 것이다. 어려운 소재라 쓰기 힘들지 않겠느냐고 했던 나의 생각은 기우였다. 오히려 감동을 받았다.

서영이의 '달맞이꽃'은 아이유의 '겨울잠'이라는 노래를 통해 영감을 받고, 먼저 떠나보낸 친구와의 아픔을 꽃으로 비유했다. 우리는 모두 꽃처럼 어여쁜데 그것을 모른다고 말한 어떤 시인처럼 자신의 아름다움을 모르고 살아갈 때가 많다. 그 친구를 다시 만난다면 꼭 안아주고 싶다고 말하면서 그 속에서 자신을 본다. 자신 또한 그렇게 어여쁜 꽃이었던 것을 몰랐다고. 이렇게 시는 타인과 자신을 오가면서 반추하고, 성찰하면서 안아준다.

신선희 선생님의 에세이 '머리를 잘렸다'의 글은 사회적 규정에 의한 것과 개인적 강요와 강압에 의한 단발규정은 다름을 이야기한다. 비록 마음에 들지 않지만 전체가 요구할 때는 그래도 무시를 당하는 면이 약하다. 하지만 한 사람에게만 가해지는 강요와 강압은 자유를 떠나 인격을 박탈당하는 모멸감을 준다. 살아가면서 우리는 수많은 사람들과 인연을 이어간다. 그 가운데 우리는 어떠한 영향을 주는 사람인지 돌아보게 하는 글이다.

조은영 선생님의 '내 마음속의 봄'은 모든 사람들이 기다리는 선물이다. 우리는 그렇게 인생을 살아간다. 삶의 전장에서, 생계의 전쟁터에서, 일과 공부의 스트레스, 사람과의 스트레스를 극복하면서 더 나은 내일의 봄을 기대한다. 외적 업적도 중요할 것이다. 인간관계 또한 중요하다. 하지만 가장 중요한 것은 무엇일까? 여기까지 성장하고, 지금까지 버티면서 견디어준 자신에게 고맙다고 전해주는 그 따뜻한 말 한마디가 너와 나, 우리의 봄이 아닐까? 그 깊은 속마음을 봄이라는 시어를 통해 잘 전달해주고 있다.

그리고 한 단계 더 깊은 성찰을 하는 글이 **감상평**이다. 글쓰기가 물속으로 들어가는 과정이라면, 감상평은 심해로 파고드는 언어의 사색 작업이다. 감상평은 글의 의미를 피드백하고, 재해석하기 위해 여러 번 글을 읽게 하면서 사색과 관찰, 되새김을 반복한다. 이를 통해 마치 거울을 통해 보는 것처럼 우리와 타인의 내면을 성찰하도록 돕는다.

이러한 과정이 무의미와 외로운 인간의 삶에서 가치와 의미를 창출하도록 이끈다. 우리가 함께 살아가는 공동체에서 타인의 마음을 이해하고, 공감하면서 자신만 바라보는 주관적 관점에서 타인을 이해하려는 객관적 관점, 곧 배려와 나눔을 통한 삶의 진정한 가치와 만난다. 이것이 책을 읽고, 글을 쓰고, 다시 글을 재해석하는 성찰의 과정을 통해 자아는 정체성을 확립한다. 감상평이 바로 그런 인문학적 성찰의 좋은 도구이다. 이번 글쓰기를 통해 시와 에세이 그리고 멋진 감상평들이 그대로 표현되었다.

한 단계 더 나아가 **책쓰기**는 언어의 완성이라고 말하고 싶다. 글쓰기는 자신과 소수의 사람들에게 공유되지만, 책쓰기는 수많은 사람들과 후대까지 지식의 보고로 남겨진다. 이러한 작은 지식의 참여는 인류가 실수를 줄이고, 더 나은 세상으로 나아가는 지적 자산이요 인류의 유산이 된다.

이러한 좋은 글들이 하나의 교육 과정으로 끝나지 않고, 정식 출간되어 유명 서점이나 도서관, 주요 검색사이트에서 본인들의 책이 판매되고, 저자로 등록되는 기회는 **성취감**과 함께 **자존감**의 향상을 가져온다. 하나의 작은 성취는 또 다른 것에 대한 도전과 함께 무엇이든 도전하면 할 수 있다는 **자기 효능감**을 체험한다.

책은 그것이 기술적인 것이든, 재능적인 것이든, 자전적인 이야기이든 모두 타인에게 길을 제공한다. 이론적인 방법론이다. 실질적인 체험도 중요하지만 이론적인 지식이 먼저다. 방법을 모르면 사람들은 오랜 시간 방황하고, 시간적, 물질적, 마음적 기회비용을 소모한다. 수학 공식을 모르면 그 문제를 풀기 어렵듯이 방법을 모르면 그만큼 헤매고, 고생한다. 먼저 경험한 사람들의 이야기는 그래서 소중하다.

하지만 서영이가 '**가장 성장한 것은 나 자신이 아닐까**'라고 했던 것처럼 우리는 자신의 이야기와 타인 및 사물을 관조하면서 가장 많이 배우고, 느끼고, 기뻐하면서 성장하는 존재는 바로 자기 자신이다. 자신을 표현하면 표현할수록 우리는 더 많이 자신을 알면서 자신감이 생기고, 타인에게 자신을 가장 아름다우면서 부드럽게 표현하고, 논리적으로 소통하는 방식을 배운다.

이렇게 솔직한 마음의 글을 아름다운 시와 감상평, 에세이로 멋지게 표현한 학생들에게 박수를 보낸다. 이번 경험을 통하여 글을 쓰는 기쁨이 자신의 삶과 연결되어 작품의 아이디어 촉매제가 되길 바란다. 더 나아가 자신만의 단행본이 출간되길 기대한다. 한 번의 경험은 더 많은 길의 확장이 될 것이다. 또 모르지 않는가! 노벨문학상이 여기 학생들 가운데 나올지...

꼭 문학만이 아닌 다른 분야에서도 자신의 능력과 재능을 마음껏 발산하는 순간으로 이어지길 바란다. 또한 신선희 선생님과 조은영 선생님의 참여로 작품을 더 빛나게 도움을 주시고, 기회를 열어주신데 대하여 감사를 드린다.

언어의 따뜻함 봄날을 기다리며

윤 정 현

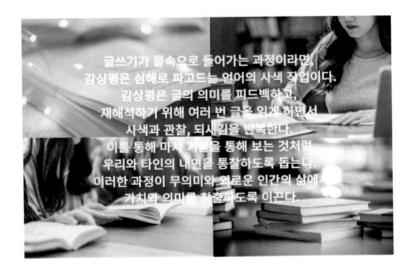

글쓰기가 물속으로 들어가는 과정이라면,
감상평은 심해로 파고드는 언어의 사색 작업이다.
감상평은 글의 의미를 피드백하고,
재해석하기 위해 여러 번 글을 읽게 하면서
사색과 관찰, 되새김을 반복한다.
이를 통해 마치 거울을 통해 보는 것처럼
우리와 타인의 내면을 통찰하도록 돕는다.
이러한 과정이 무의미와 외로운 인간의 삶에서
가치와 의미를 창출하도록 이끈다.

『 내가 책을?

처음에 학교에서 책을 내보자고 하셨을 때 솔직히 말해서 조금은 부정적인 면이 있었다. 책은 글을 잘 쓰고 제대로 배운 사람만이 쓸 수 있을 거라고 생각했고, 또 시집도 읽기 싫어하는 내가 시를 쓴다고? 하는 생각도 들었다. 그런데 윤정현 선생님을 뵙게 되면서 그런 생각이 많이 바뀌었던 것 같다. 글은 그냥 누구나 쓸 수 있다는 것. 글에는 정답이 없기에 그냥 쓰고 싶은 대로, 하고 싶은 대로 하면 된다는 것. 처음에는 잘 써야한다는 부담감이 있었지만 시간이 지날수록 그저 글 쓴다는 것을 즐겼던 것 같다. 글 쓰는 게 너무 재미있었고 행복했다.

영감이라는 것을 받아보다

이번에 글과 시를 쓰며 가장 많은 영감을 받았던 부분은 가수 아이유의 노래이다. 아이유는 노래를 만들 때 사람들이 공감되고 위로되는 가사를 적는다고 하는데 사실은 그 말을 자신이 가장 듣고 싶은 말이 아닐까. 샤이니 멤버였던 故종현 가수도 생전에 썼던 노래 가사가 전부 자신이 듣고 싶었던 말들을 썼던 게 아닐까 하는 생각이 들었다. 어쩌면 나도 이 글을 쓰면서 두 사람처럼 사람들에게 하고 싶은 말을 적는다고 하지만 나 자신에게 하고 싶은 말, 듣고 싶은 말을 적은 것 같다. 누군가의 노래, 누군가의 글을 보며 여러 가지 생각이 들었고, 그 생각을 글로 표현할 수 있음에 행복하고 즐거웠다. 내 생각을 글로 표현하는 것이 얼마나 어려운 일인지, 또 그렇게 완성된 글을 읽으며 나 자신이 조금은 기특했다.

가장 성장한 것은 나 자신이 아닐까

이 책을 함께 제작하게 되면서 만나 뵙게 된 윤정현 선생님께서 끊임없는 칭찬과 피드백을 해주셨다. 더욱 자신감을 얻고 글을 쓰는 재미가 붙은 이유이기도 하다. 이번 책을 만들며 가장 성장한 것은 나 자신이 아닐까 생각한다. 내가 살아온 이야기, 내가 들려주고 싶은 이야기 맘껏 쓴 것 같다. 나의 글을 읽으며 나 자신이 성장했음을 느꼈다. (김서영) 』

✳

코로나19로 달라진 세상.
손 소독하는 것이 일상이 되었다.
병든 이들을 치유하는 손 소독제.

수많은 전쟁으로 망가져가는
내 마음도 치유해 다오.

수많은 상처로 피딱지마저 지지 않은
내 마음도 치유해 다오.

수많은 아픔으로 눈물조차 나오지 않은
내 마음도 치유해 다오.

오직 너만이 내 마음은 치유할 수 있으니
부디 나에게 다가와 내 마음을 치유해 다오.

- 치 유, 박하민 -

값 11,400원
03810

9 791137 274297
ISBN 979-11-372-7429-7